उलझी-सी कहानी

(उपन्यास)

उलझी-सी कहानी

योगेश सरिता कुमार

हिन्द युग्म
hindyugm.com
BLUE

ISBN : 978-81-948444-4-0

प्रकाशक:
हिंद युग्म ब्लू
सी-31, सेक्टर-20, नोएडा (उ.प्र.)-201301
फ़ोन- +91-120-4374046

मुद्रक : श्री मैत्रे प्रिंटेक प्रा. लि., ए-84, सेक्टर-2, नोएडा
कला-निर्देशन : विजेंद्र एस विज

पहला संस्करण : 2020
मूल्य : ₹150

Uljhi Si Kahani
A novel by *Yogesh Sarita Kumar*

Published By
Hind Yugm Blue
C-31, Sector-20, Noida (UP)-201301
Phone- +91-120-4374046
Email : sampadak@hindyugm.com
Website : www.hindyugm.com

First Edition : 2020
Price : ₹150

मेरी ये किताब मेरे माता-पिता को समर्पित है। स्वर्गीय जीजाजी अशोक राठी और अनिल राणा, मेरी बहन ओमिका रजनी, मेरा भाई दिनेश, मेरी बीवी सरिता और मेरे भाई की बीवी दीपशिखा को समर्पित है। मेरे दोस्त अजय, देविंदर और मेरे दोस्तों की पूरी मंडली को समर्पित है।

मेरे परिवार के चारों बच्चे और चारों भांजे-भांजियों को ढेर सारा प्यार। इसके साथ ही, हिंद युग्म की पूरी टीम को धन्यवाद!

एक

रात के 12 बजे थे।

मैं, राज, मनीष और राघव साथ में बियर पी रहे थे। मैंने बियर का आखिरी गिलास खत्म करते ही बोला, "आज की पार्टी बहुत अच्छी रही।"

राज बोला, "हाँ सच में, 15 दिनों बाद फिर से ऐसी पार्टी करते हैं।"

मैंने खाना निकालते हुए कहा, "अब तो घर पर बीवी की सुननी पड़ेगी। बड़े मजे किए हैं, अब घर पर जाते ही बीवी सारा मजा किरकिरा कर देगी।"

मनीष ने कहा, "बहुत डरपोक हो, क्या तुम अपनी बीवी से कह नहीं सकते कि महीने में दो पार्टी ही करते हैं, इसके अलावा क्या गलत है मुझ में?"

"वो राज की बीवी की तरह मिलनसार नहीं है, दो साल में एक बार भी पीऊँ तो भी उसे दिक्कत है।" मैंने खाना शुरू करते हुए कहा, "खाने में पनीर और चिकन के साथ तंदूरी नान है।" तभी राज बोला, "बहुत तेज लगी है।" इस पर मनीष चिल्लाया, "सीधा टॉयलेट नहीं बोल सकते हो?"

हमने खाना खत्म किया और फिर उस दुकान को बंद कर दिया। तब तक राज, मनीष और मैं दुकान से बाहर आ गए। वह राज का साइबर कैफे था। हम सीधे घर की तरफ चले। मैंने राज और मनीष को बाय कहा। यहाँ से मेरा घर दूर नहीं था। पतली-पतली मुनिरका की गलियों से होते हुए मैं सीधा घर पहुँचा और डोरबेल बजाई। दरवाजा किसी ने नहीं खोला, तो मैंने दोबारा बेल बजाई। फिर भी किसी ने दरवाजा नहीं खोला, तो मैंने अपने भाई को फोन किया। उसने कहा कि अभी खोलता हूँ। और फिर मैं घर के हॉल से बढ़ता हुआ अपने कमरे की तरफ चला गया। मेरे हाथ-पाँव काँप रहे थे कि किसी को पता न चल जाए कि मैं पीकर आया हूँ। मेरी बीवी कमरे में बेड के एक कोने पर में लेटी हुई थी। मैं दूसरे कोने पर लेट गया। अभी मुझे लेटे हुए पाँच मिनट हुए थे कि मेरी बीवी

रितु ने कहा, "आ गया?"

मैंने कोई जवाब नहीं दिया क्योंकि मैं समझ गया कि वह मुझे सुनाने ही वाली थी।

"एक भी काम नहीं करता है सिवाय इस बियर पीने के। हर हफ्ते पीकर आता है। इस बियर से अच्छा तो मूत पी लिया कर! मैंने तुझे आज ब्रेड लाने के लिए कहा था, लाए?"

मैंने कहा, "रात को 12 बजे कौन-सी दुकान खुली थी।"

"वह तो मैं जानती थी तुमसे एक काम भी नहीं होगा। कल बच्चे क्या लेकर जाते! मैंने इसीलिए पहले ही रहीम से ब्रेड मँगवा ली थी। और तुम रात को पानी भरने क्यों नहीं जाते हो?"

मैंने साँस ली और कहा, "मैंने एक हफ्ते की छुट्टी ले रखी है। इसीलिए रहीम रात को पानी भरता है।"

"हमें तो कोई छुट्टी नहीं मिलती है। हम भी तो लगातार काम करते हैं, तुम्हें किस बात की छुट्टी चाहिए?"

"तो मैं क्या करूँ, तुम्हारा काम ही ऐसा है। और तुम करती ही क्या हो! सिर्फ खाना ही तो बनाती हो और घर के सभी काम के लिए काम वाली लगी है।" मैंने कहा।

"हाँ मैं कुछ नहीं करती हूँ। तेरे तीन बच्चों का क्या कम काम है। एक दिन तुम करके दिखाओ तो माँ याद आ जाएगी।"

"हाँ, ठीक है बच्चे भी तो तूने ही पैदा करे हैं, मैंने नहीं। अब उनका काम कौन करेगा, मैं या तुम?"

"हाँ तुम्हारा तो बच्चे पैदा करने में कोई हाथ नहीं है। सब का सब मेरा ही कसूर है। मैं सारा दिन इन बच्चों में लगी रहती हूँ, तुम ने कब मेरी मदद की है?"

"क्या मदद करूँ तुम्हारी? और मैंने कभी नहीं कहा कि तीन बच्चे पैदा करो। तुम्हें ही लड़का चाहिए था। मैं तो सिर्फ एक छवि को ही रखना चाहता था। क्या जब छवि छोटी थी मैं तुम्हारी मदद नहीं करता था? लड़का तो तुमने ही चाहा था। उसी के लिए पहले बेटी हुई फिर बेटा। तुम एक ही बच्चा रखती, तो क्या हो जाता? हम आसानी से उसे पाल पोस लेते।"

"हाँ जानती हूँ, कैसे पाल लेते। क्या तुम्हें लड़का पसंद नहीं है?"

"पसंद तो है पर तीन बच्चों की फीस, ट्यूशन, घूमना-फिरना और काम भी कम हो जाता है। मुझे अब नींद आ रही है, मैं सोना चाहता हूँ।"

"हाँ जानती हूँ, तुम्हारी अय्याशी खत्म जो हो गई है। इस घर में सारा दिन काम में लगे रहो और खर्च के लिए पंद्रह सौ रुपए। तुम अपनी मम्मी से कहकर इसे बढ़ाकर तीन हजार नहीं करा सकते हो?"

"मैं भी तो पंद्रह सौ रुपए में अपना काम चला लेता हूँ। तुम क्यों नहीं चला सकती?"

"पाँच लाख किराए में से सिर्फ पंद्रह सौ रुपए ही? बस?"

"और तुम्हें क्या चाहिए? पाँच लाख किराए में मेरा भाई आधे का हकदार है। जहाँ तक बात रही पंद्रह सौ रुपए की, उसका कारण है तीन-तीन बच्चों की फीस। इसमें मैं क्या कर सकता हूँ।"

"हाँ, मैंने डाला था इतने हाई फाई स्कूल में बच्चों को।"

"हाँ, मैं नहीं चाहता मेरे बच्चे किसी साधारण स्कूल में पढ़ें। मैंने उनके भविष्य के लिए ऐसा किया है।"

"अगर पढ़ना होगा तो वे हिंदी मीडियम से भी पढ़ लेंगे, नहीं तो कैसे भी स्कूल में नहीं पढ़ेंगे।"

"रितु ऐसा नहीं है। मेरी बात को समझो, अगर बच्चों को अच्छी फैसिलिटी दो तो वे साधारण से टॉप में पहुँच जाते हैं। तुम ने देखा होगा कि भारतीय खिलाड़ी ओलंपिक में अच्छा प्रदर्शन नहीं करते हैं जबकि अमेरिका और रूस के खिलाड़ी बहुत मैडल लाते हैं। क्यों, क्योंकि उन को अच्छी फैसिलिटी मिलती है, अच्छे कोच से लेकर स्टेडियम और बहुत चीजें। वे एक खिलाड़ी पर करोड़ों खर्च करते हैं। पर भारत में ये सब हमारे खिलाड़ियों को नहीं मिलता। इसीलिए भारतीय खिलाड़ी अच्छा प्रदर्शन नहीं करते। ऐसे ही हम बच्चों के ऊपर अच्छा खर्च करेंगे तो वे भी अच्छा प्रदर्शन करेंगे पढ़ाई में। मेरी बात समझो।"

"पर औकात से ज्यादा बच्चों पर खर्च करना ठीक नहीं है।" रितु ने कहा।

"तुम मेरी बात को समझोगी नहीं। तुम्हारी सोच और मेरी सोच में बहुत अंतर है। मैं तो सो रहा हूँ।"

रात को मैं रितु के सामने सोने का नाटक करता हुआ लेटा रहा फिर जब वह सो गई तो मैंने फोन उठाया और गाना सुनने लगा। सुबह मैं चार बजे सोया और

शाम को चार बजे उठा। पापा ने मुझे पानी भरने को कहा पर मैंने कहा कि रहीम भर देगा। तो उन्होंने कहा, "तुम क्यों नहीं भरते, रात में भी रहीम और शाम को भी रहीम ही भरे?" मैंने कहा, "उसे इस बात के पैसे मिलते हैं।"

पापा बड़बड़ाए और अपने कमरे में चले गए।

मैं मुनिरका, दिल्ली में रहता हूँ और मेरे तीन बच्चे हैं। छवि, समीक्षा और देबू। देबू के चक्कर में मेरी तीन औलाद हो गई। मुनिरका में सभी गाँव वालों का या किराएदारों का एक ही काम है किराया वसूलना या किराया देना। यानी कि यहाँ पी.जी. और किराए का काम है। सौभाग्य से मेरा घर काफी बड़ा है, जिसमें आधे में तो पी.जी. और आधे में किराए के कमरे हैं। इसके अलावा मेरा भाई भी है जिसको एक लड़का और एक लड़की है। वैसे तो आदमनी का ये अच्छा स्रोत है पर फिर भी दक्षिणी दिल्ली में इतना पैसा भी बहुत ज्यादा नहीं है। यहाँ पर बहुत महँगाई है। मेरे पापा एक सरकारी पद पर थे जो कि अब रिटायर हो चुके हैं और अब अड़सठ साल के हैं। मेरी मम्मी हर वक्त माला फेरती रहती हैं, जो कक्षा पाँच तक ही पढ़ी हैं। मेरा भाई ग्रेजुएट है पर मैं बारहवीं तक पढ़ा हूँ और मेरी उम्र पैंतीस साल है।

दो

शाम को राज का फोन आया। उसने कहा कि आज पंकज का जन्मदिन है। वह आज पार्टी दे रहा है। शाम को सात बजे पंकज की छत पर आ जाना।

आज फिर से मुझे बियर पीनी है। सोचा कि रितु से बचने के लिए रात दस बजे तक घर आ जाऊँगा, जिससे उसे पता ही नहीं चलेगा कि मैं पीकर आया हूँ। अभी शाम के छह बजे थे तो नॉवेल पढ़ने लगा। कुछ देर बाद मैंने कपड़े चेंज किए और पार्टी में जाने के लिए तैयार हो गया। मैंने रितु से कहा, "आज मेरा खाना मत बनाना।"

उसने कहा, "कहाँ पर खाना खाने जा रहे हो?"

मैंने कहा, "आज पंकज पार्टी दे रहा है, उसका जन्मदिन है।"

रितु ने कहा, "पीकर मत आना।"

"बस खाने की पार्टी है।" मैंने जूते के फीते बाँधते हुए कहा फिर मैं पंकज के घर की छत पर चला गया।

छत पर राज, मनीष, मेरा भाई अमित और सात-आठ लड़के और थे। पहले मैंने बियर पी। मेरा भाई बियर या शराब नहीं पीता था। हम सभी में वही इकलौता था जो इसे छूता नहीं था। फिर गप्पे शुरू हो गए, सब-के-सब नशे में थे। मैं छत की रेलिंग के पास खड़ा हो गया। राज भी वहीं था। राज ने पूछा, "कल तुम घर पर पकड़े गए, तेरे भाई ने बताया था।"

मैंने कहा, "हाँ मेरी और रितु की बहस हुई थी।"

राज ने कहा, "हमारी जिंदगी हमें कहाँ लेकर जा रही है!"

मैंने कहा, "सच में हमारी जिंदगी परिवार के लिए पैसे कमाने की मशीन हो गई है। हम सब की जरूरतें पूरा करते हैं। बचपन में हम कितनी मस्ती करते थे, अब बस काम करो। किसी की फीस भरो तो कभी बिग बाजार से घर का सामान

लाओ, किसी को पैसे चाहिए तो किसी की जरूरत का सामान। सच में पूछो तो मुझे तीन-चार महीने तक हो जाते हैं रात को सोए हुए। मैं उल्लुओं की तरह दिन में सोता हूँ और उन तीस टंकियों को भरता रहता हूँ, जो छत पर रखी हुई हैं। बस घर वालों की फरमाइश, सब की जरूरतें पूरा करना। लगता है कि मैं कहीं भाग जाऊँ इन सब झंझटों को छोड़कर। तुम्हें भी ऐसा लगता है?"

"अरे तू तो काफी गंभीर हो गया है, पर हमारी कौन सुनेगा। मैं भी यही सोचता रहता हूँ।"

"मुझे नहीं लगता है कोई सुनेगा।" मैंने राज से कहा। मैंने अपने फोन में टाइम देखा और राज से कहा, "दस बज गए हैं, मुझे अब घर जाना चाहिए।"

"पर इतनी जल्दी?" राज ने कहा।

"हाँ मैंने घर पर दस बजे पहुँचने को कहा था।"

घर पर रितु अपने हथियारों के साथ खड़ी थी। घर पहुँचते ही उसने मेरे लड़खड़ाते कदमों को पहचान लिया और कहा, "वाह! आज भी पीकर आए हो। शर्म तो तुझे आती नहीं रोज-रोज पीकर आने में।"

मैंने कहा, "दारू तो मैंने नहीं पी है, थोड़ी-सी बियर पी है, वह भी पंकज के जबरदस्ती पिलाने पर। और तुम्हें क्या फर्क पड़ता है मेरी जिंदगी मैं कुछ भी करूँ। क्या मैं तुम्हें किसी काम के लिए टोकता हूँ?"

"मैं कुछ गलत करती तब ना टोकते। मैं तुम्हारी तरह बियर पीती तो क्या तुम मुझे नहीं टोकते?" रितु ने कहा।

"महीने में एक या दो बार पीने से क्या फर्क पड़ता है तुम्हें?"

"एक बार तुम पार्टी करते हो तो कभी कोई पार्टी देता है। तुम्हारे पास इतनी पार्टियों के पैसे कहाँ से आ जाते हैं? पंद्रह सौ, दो हजार में तो हर रोज पार्टी नहीं हो सकती है।"

मैंने कहा, "पंकज ने पार्टी दी थी, मैंने पैसे नहीं खर्चे।"

"ठीक है पंकज ने पार्टी दी थी, पर तू पार्टियों की वजह से एक दिन पूरा शराबी बन जाएगा। मत मान मेरी बात।"

तभी मम्मी तेज आवाज से मेरे कमरे में आ गई और मुझसे पूछा, "शराब पी रखी है?"

मैंने कहा, "थोड़ी-सी।"

"ऐसे कह रहा है जैसे बहुत अच्छा काम किया।"

"पर मम्मी पंकज ने जबरदस्ती पिला दी थी।"

"थोड़ी-सी में ये तुतलाती आवाज?" मम्मी ने कहा। "तेरा भाई पीता है? तेरे पापा ने कभी छुई शराब? क्या उनका कुछ बिगड़ गया?"

"पर मैं रोज नहीं पीता।" तभी फोन की घंटी बजी।

"हेलो!" फोन रहीम का था। उसने कहा, "भइया दोनों हौद भर गए।" मैंने कहा "मैं ऊपर जा रहा हूँ, तुम तब तक पानी चालू कर दो।" इस हालत से बचने का यही तरीका था। मैंने फ्रिज से एक बोतल ली और मैं पानी भरने चला गया। चार घंटे तक पानी भरता रहा। जब घर में आया तो रितु सो चुकी थी। रात के तीन बजे थे। मैंने भी अब सोना ठीक समझा।

शाम के सात बजे हैं। मैं पंकज की दुकान में गया। मुनिरका चौक पर उसकी परचून की दुकान थी। मैं वहाँ पहुँचा और फ्रिज से एक पेप्सी की बोतल निकाली और फिर पंकज से दो सिगरेट माँगी। उसे मैंने उधार खाते में लिखवाया। आज सुबह से चुनाव के नतीजे टीवी पर दिखाए जा रहे थे। मैंने पंकज से कहा, "क्या जीत हुई है मोदी की, राहुल तो इस जीत में लोकसभा का विपक्ष का नेता भी नहीं बन पाया। इस राहुल को तो कांग्रेस के अध्यक्ष पद से भी इस्तीफा दे देना चाहिए। क्या हाल किया है मोदी ने राहुल का, इतनी पुरानी पार्टी और सीट पचास।"

पर पंकज ने मेरी बात पर कोई प्रतिक्रिया नहीं दी तो मैंने एक सिगरेट जला ली और दुकान के एक फ्रिज पर बैठ गया। इस समय दुकान पर बहुत भीड़ थी, क्योंकि इस किराए के कमरों के जंगल में सभी लोग घर आ रहे थे और घर का जरूरी सामान लेने के लिए दुकान पर जा रहे थे। इसीलिए पंकज मेरी बात पर ज्यादा ध्यान नहीं दे रहा था। इस समय दुकान पर बिक्री का सबसे अच्छा वक्त था। मैं किराएदार लड़कियों से आँखें सेक रहा था। इन लड़कियों में से कुछ तो मेरी तरफ ध्यान दे रही थीं, तो कुछ सामान लेकर चली जाती थीं। तभी राज वहाँ पहुँचा, "चलो रोड तक घूम के आते हैं।"

मैंने कहा, "चलो।" और फिर मैं उसके साथ रोड पर घूमने चला गया। रोड पर हमारी ज्यादा बात तो नहीं हुई पर मैंने अपना वजन कम करने के लिए

रोड पर दो किलोमीटर की सैर की। आज कोई भी मेरा दोस्त बाहर नहीं आया था, सभी टीवी पर मोदी की जीत के बारे में खबर देख रहे थे। मेरे सभी जानने वाले मोदी को ही देश का अगला प्रधानमंत्री चाहते थे। फिर मैं और राज वापस पंकज की दुकान पर आ गए।

अब तक शाम के साढ़े आठ बज गए थे। मैंने अपनी जेब से दूसरी सिगरेट निकाली और पीने लगा कि तभी मेरी नजर एक लड़की पर पड़ी। उसे देखते ही मेरे दिल की धड़कन बढ़ गई। दिमाग चकरा गया। मैं उसे देखता ही रहा पर उसने मेरी तरफ एक ही बार देखा। मेरे माथे से पसीना छूटा। हाथ के रोएँ तक खड़े हो गए। मैं जो अभी तक बातें कर रहा था, चुप हो गया। मेरे हाथ अपने आप काँपने लगे। इस लड़की को मैं जानता था। मैंने भगवान से कहा, "भगवान ऐसा क्यों किया ? इसे वापस क्यों भेजा ?"

यह तीसरी बार था चार सालों में जब वह यहाँ आई थी और मेरी जिंदगी उथल-पुथल हो गई और वह फिर जीत जानी थी।

मैंने उस से आठ महीने से बात नहीं की थी। आज भी वह लाल सूट में उतनी ही सुंदर लग रही थी जैसे के पहली बार मुझे मिली थी। दुबली-पतली सुंदर। जाने क्या बात थी कि मैं उससे दूर रहना चाहता था। पर किस्मत हमें फिर से मिला रही थी। उसका नाम था प्रिया। पहले हमारे घर पर पीजी में रहती थी। जब हमारी दोस्ती हुई थी, कुछ ही समय में वह मेरे दिमाग में ऐसे घुस गई थी कि अब तक नहीं निकली थी। तब वह बीए कर रही थी। अब वह पंकज और राज की दुकान के पास अपने भाई के साथ रहने आई है।

मैंने मन में कहा, 'राघव कंट्रोल', और तेज-तेज साँस लेने लगा।

वह सब्जी वाले के पास गई और सब्जी लेकर अपने घर की तरफ मुड़ गई। उसने फिर मुझे नहीं देखा। मुझे लगा कि शायद वह मुझे फोन करेगी और मैंने फोन को देखा, पर कोई फोन नहीं आया था।

मैं पंकज की दुकान पर पंद्रह-बीस मिनट बैठा फिर मैंने आखिरी बार फोन को देखा और मैं घर की तरफ चल दिया।

अब मेरे हालात काबू में नहीं थे। आखिरी बार मैंने उसके घर के पहले माले पर देखा, वह वहाँ खड़ी थी। एक नजर देखने के बाद मैं अपने घर को चल दिया।

घर आने पर रितु ने खाना खाने को कहा, पर मैंने उसे कह दिया, "अभी नहीं खाऊँगा।" और फिर मैं कुछ देर अकेले में बैठा प्रिया के बारे में सोचता रहा।

रात ग्यारह बजे मैं पानी भरने ऊपर चला गया। छत पर एक कमरा था जिसमें बैठकर मैं पानी को तीन बजे तक देखता रहा। इस दौरान मैंने कई बार फोन देखा पर उस पर कोई कॉल नहीं आया था। आखिर में मैंने ही प्रिया के नंबर पर फोन किया, तो पता चला कि नंबर स्विच ऑफ था। रात भर यही सोचता रहा कि वह क्यों आई है मेरे दिलो-दिमाग में आग लगाने। पिछले आठ महीने में मैं उसे भूल चुका था। पर वह फिर से मेरे सामने थी। जब वह यहाँ रहती थी तो मेरा दिलो-दिमाग पर काबू नहीं रहता था और उसके जाने तक यही हाल रहने वाला था। दो दिनों तक मैं घर से नहीं निकला, सिर्फ पानी भरने ऊपर गया था। मैं अपने फोन को लगातार देखता रहा कि कोई फोन प्रिया का आ ही जाए। पर उसका फोन नहीं आया।

तीसरे दिन जब मुझे सिगरेट की तलब लगी तो मैं पंकज की दुकान पर सिगरेट पीने चला गया। मैंने पंकज से सिगरेट का एक पैकट लिया और उसकी दुकान पर बैठ गया कि तभी मुझे प्रिया दिखी। मैं दुकान के बाहर आ गया। मैं उससे बात करना चाहता था।

वह आज भी रेहड़ी से सब्जी लेने आई थी। उसने मेरी तरफ कोई ध्यान नहीं दिया। तभी पंकज ने मुझे दुकान पर बुलाया और कहा, "मूवी देखने चलें?"

मैंने कहा, "नहीं, आज नहीं।"

वह बोला, "मूवी बहुत अच्छी है।"

मैंने कहा, "कौन-सी है?"

उसने कहा, "स्टूडेंट ऑफ द ईयर।"

मैंने कहा, "ठीक है, पर मेरे पास पैसे नहीं हैं।"

वो बोला, "बाद में दे देना।"

मैंने कहा, "ठीक है, किस टाइम जाना होगा?"

"रात ग्यारह बजे का शो है, हम नौ बजे निकलेंगे।"

मैंने कहा, "पर दो घंटे पहले..." वह बोला, "रात को पार्टी भी करेंगे।"

मैंने कहा, "ठीक है।"

और फिर मैं कपड़े बदलने घर चला गया। रितु ने कई बात सुनाई, पर मैंने

उस पर ध्यान नहीं दिया और फिर मैं पंकज और राज थियेटर के लिए चला गया।

हमने पहले गाड़ी में बियर पी। तभी राज ने मुझसे कहा, "पता है, रोहिणी में एक पैट्रोल पंप बिक रहा है।"

मैंने कहा, "तो?" तो राज बोला, "वह दो करोड़ उस पैट्रोल पंप के माँग रहा है, अगर तुम चाहो तो मैं, पंकज और तुम इसे खरीद सकते हैं।"

मैंने कहा, "ठीक है, मैं अपने घर पूछ लेता हूँ। और तुम अपने घर बात कर लेना। फिर इस बारे में बात करते हैं।"

राज ने कहा, "ठीक है।"

पंकज ने कहा, "एक पट्रोल पंप से कितने पैसे कमाए जा सकते हैं?"

राज ने कहा, "पाँच-छह लाख रुपए हर महीने। अगर हम तीनों इसे मिलकर खरीदते हैं तो तीनों को कम-से-कम हर महीने दो लाख रुपए आराम से मिल जाएँगे। मैंने कहा, "ठीक है कल पूछ कर तुम्हें बताता हूँ।"

रात दस बजे हम राजेंद्र के ढाबे पर चिकन खाने पहुँचे जो दिल्ली में चिकन के लिए मशहूर है। फिर हम पिक्चर देखने पीवीआर संगम पहुँचे। अब तक मैं अपने फोन को लगातार देख रहा था पर प्रिया का कोई फोन नहीं आया था। तो मैंने ही फिर से प्रिया का नंबर ट्राई किया पर अब भी वह स्विच ऑफ था। मेरा दिमाग पिक्चर में कम प्रिया पर ज्यादा था। रात डेढ़ बजे पिक्चर खत्म हुई और फिर हम पेट्रोल पंप की बात करते हुए घर पहुँचे।

रात को घर पर आने के बाद मैंने चाय बनाई। रात को इन दिनों में ठंड रहती थी। घर पर सब सो रहे थे। मैं भी प्रिया के बारे में सोचते हुए सो गया। आज शनिवार था, इस दिन पानी भरने की मेरी छुट्टी रहती है। इस दिन हमारे यहाँ काम करने वाले रहीम को पानी भरना होता है।

अगले कुछ दिन मैं घर से नहीं निकला। लेकिन मैं फोन पर प्रिया का नंबर ट्राई करता रहा। अब भी वह स्विच ऑफ था। मैं एक दिन राज की दुकान में गया, जहाँ पंकज भी था। राज ने मुझे देखते ही पूछा, "इतने दिनों से कहाँ गायब थे?" मैंने कहा, "घर पर ही था।" तो उसने बात घुमाकर ना करते हुए कहा, "तुमने पेट्रोल पंप की बात घर पर की?"

"नहीं, मैं भूल गया। कल पापा और मम्मी से बात करूँगा।"

"पर बात जल्दी कर लेना कि मौका हाथ से न निकल जाए।"

मैंने कहा, "ठीक है, बात कर लूँगा। पर पंकज तुम ने घर बात कर ली?"

"हाँ, मेरी तरफ से हाँ है।" पंकज ने कहा।

मैंने कहा, "पर पेट्रोल पंप के लिए सारे पैसे व्हॉइट में चाहिए होंगे।

"हाँ चाहिए तो पर हम आधे पैसों का लोन करवा सकते हैं।"

मैंने कहा, "तो फिर ठीक है।" तभी साइबर कैफे में फोन रिचार्ज के लिए भीड़ लग गई। मैं और पंकज फिर पार्क में घुमने चले गए। वहाँ बहुत से बच्चे क्रिकेट खेल रहे थे। मैंने पंकज से कहा, "कोई दस साल से मैंने क्रिकेट नहीं खेला है। याद है पंकज, जब हम क्रिकेट खेलते थे तो अक्सर मैं सचिन तेंदुलकर के शॉट्स की नकल इसी पार्क में करता था।"

पंकज ने कहा, "क्या टाइम था वो!" तभी पंकज ने कहा, "तेरी वाली आ गई है।"

"कौन?"

"प्रिया। कल दुकान पर आई थी सामान लेने।"

"मैं भी जानता हूँ। पर अभी तक उसने मुझ से बात नहीं की है।"

"प्रिया कल किसी लड़के के साथ खड़ी थी।"

यह सुनकर मेरे दिमाग में बिजली-सी गिर गई। पर मैंने कहा, "मैं उसे भूल चुका हूँ। अब मुझे उससे बात भी नहीं करनी है। सच पूछो तो मैं अब पैंतीस साल का हो गया हूँ, अब मेरी उम्र प्यार करने की नहीं है।"

"तू तो पागल हो गया है जो पैंतीस साल की उम्र में बड़ों जैसी बातें कर रहा है। मैं भी तो उंतालीस साल का हूँ।"

"पर तुम किसी लड़की को डेट तो नहीं करते हो।"

"क्या करूँ, घर और दुकान के काम से फुरसत हो तभी तो और मुझे कोई लड़की भाव तक नहीं देती।"

तो मैं हँसते हुए बोला, "सच, कोई लड़की तुम्हें भाव नहीं देती?"

"हाँ सच में।" तभी वह बोला, "चलो घर चलते हैं।"

मैंने कहा, "ठीक है।"

शाम के सात बज गए थे। मैं और पंकज घर की तरफ बढ़ चले। सच में पंकज को कोई लड़की भाव नहीं देती थी। वजह थी मोटापा और तोंद, जो कि उसे कम आकर्षित बना देती थी। मैंने उसकी ये तोंद सालों से ऐसे ही देखी थी।

शायद इसीलिए उससे कोई लड़की नहीं पटती थी।

शाम को मैं खाना खाने के बाद अपने भाई अमित के पास गया और कहा, "अमित, राज कह रहा था कि एक पेट्रोल पंप बिकाऊ है। अगर हम राज और पंकज खरीद लें तो?" उसने बात काटते हुए कहा, "पर इतने पैसे कहाँ से आएँगे?"

मैंने कहा, "दो करोड़ के पेट्रोल पंप के लिए हम लोन करवा सकते हैं।" तो उसने कहा, "लोन कितने का होगा?"

मैंने कहा, "एक करोड़ का लोन तो करवाया जा सकता है।"

उसने कहा, "फिर ठीक है।"

"पर ये काम तुम्हें ही करना है। हमारी तरफ से।"

"पर ये पेट्रोल पंप कहाँ है?"

"रोहिणी के सेक्टर पचास में।"

"उससे कितने पैसे कमाए जा सकते हैं?"

"राज कह रहा था पाँच-छह लाख रुपए महीने।"

"इतने पैसे से तो हम अपने लक्ष्य में सफल हो जाएँगे।"

तो मैंने कहा, "कौन सा लक्ष्य?"

"करोड़पति बनने का।"

"हाँ ठीक है। तुम कल राज और पंकज के साथ जाकर पेट्रोल पंप के मालिक से मिल आना।"

अमित ने कहा, "ठीक है, मैं एक बार राज से मिल आता हूँ।"

तीन

सच में आज से कोई दस साल पहले मैंने और अमित ने एक सपना देखा था कि एक दिन मुनिरका के रईसों में हमारा भी नाम होगा। हम हर साल एक करोड़ रुपए जरूर कमाएँगे। जिसके लिए हमने पहले तो पूरा घर पीजी और रेंट के लिए बनाया था। फिर हम कोई बिजनेस करके साल में एक करोड़ रुपए कमाने शुरू करेंगे। घर को एक बड़े रेंट हाउस में तो बदल लिया था पर आगे का काम मुश्किल लग रहा था। पेट्रोल पंप खरीदकर ये करना अब आसान लग रहा है।

मेरे भाई के पेट में पेट्रोल पंप की गुदगुदी हो रही थी। वह राज से मिल आया और सारी बात कर ली। कल के लिए उसने पेट्रोल पंप के मालिक से भी फोन पर मीटिंग फिक्स कर ली और आकर मुझे भी बताया।

अगले दिन अमित और सब पेट्रोल पंप के मालिक से मिलकर घर पर आए। मैंने उससे कहा, "क्या हुआ वहाँ?"

वह बोला, "वह तो दो सत्तर माँग रहा है।"

मैंने कहा, "पर राज तो कह रहा था कि दो में हाँ कर देगा।"

''हाँ पर उसे एक ढाई करोड़ की पार्टी मिल गई है। अब वह दो सत्तर में ही बात कर सकता है।"

मैंने कहा, "कुछ ऊपर-नीचे करके बात नहीं बनी?"

"वह फिर भी नहीं माना और दो सत्तर देने के बाद भी कोई पच्चीस लाख और चाहिए, क्योंकि सरकारी टैक्स भी देना होगा।"

मैंने कहा, "ये तो तीन करोड़ ही हो गए। क्या डेढ़-दो करोड़ का लोन हो जाए तो?"

"देखते हैं। कल दो बैंक वाले घर पर आएँगे। उनसे बात करके ही पता चल पाएगा कि कितना लोन हो पाएगा।"

मैंने कहा, "ठीक है। अब तुम आराम करो।" और फिर मैं अपने कमरे में आ गया कि तभी रितु ने कहा, "तुम ने बताया नहीं कि पेट्रोल पंप खरीद रहे हो?"

"डील कैंसिल हो गई है। वह ज्यादा पैसे माँग रहा है, छोड़ो। मैं पानी भरने ऊपर जा रहा हूँ।"

इसके बाद मैं वहाँ से चला गया। मुझे पेट्रोल पंप से कुछ लेना-देना भी नहीं था। मैं तो इसलिए परेशान था कि प्रिया का कोई फोन दस दिन से नहीं आया था। उसे यहाँ आए दस दिन हो गए थे। वह लड़की मुझे रोज फोन करती थी आठ महीने पहले तक। एक बार मैंने उसे ब्रेकअप के लिए कहा था, तो वह चार दिन रोती रही। वह मेरे इतने पास होकर भी बात नहीं कर रही थी। बड़ी अजीब बात थी। मैं जानता था वह यहाँ मेरे लिए आई थी पर मुझसे ही बात नहीं कर रही थी। क्या उसने नया ब्वॉयफ्रेंड बना लिया था या मुझे जलाने के लिए ऐसा कर रही थी? पर पंकज सही कह रहा था, वह किसी और से बात करने लगी थी। मेरे दिमाग में उलझन-सी हो गई। मैंने जैसे-तैसे उन तीस टंकियों को भरा। मैं कल रात भी यही सोच रहा था और आज रात भी। अब मेरा दिमाग जलन से पागल हो रहा था। क्या-क्या दिमाग में आ रहा था।

चार

एक शाम मैं प्रिया को देखने के लिए राज की दुकान पर था। मैंने कई बार दुकान के बाहर आकर प्रिया के घर की तरफ देखा पर वह मुझे नहीं दिखी। मैं मायूस होकर अपने घर की तरफ लौट आया। समय भी दस बजे का था। आकर मैंने अपने बच्चों का होम वर्क करवाया।

अब तक मैंने अपना फोन बार-बार देखना बंद कर दिया था। मुझे लगा कि प्रिया अपने घर वापस चली गई है, अब उसका कोई फोन नहीं आएगा। क्योंकि उसे देखे हफ्ता भर हो गया था। पर मेरा प्यार फिर भी प्रिया के लिए उमड़ रहा था। सच में मैं उससे एक बार बात करना चाहता था, पर वह शायद चली गई थी। मैं रात ग्यारह बजे ऊपर चला गया। सारी टंकियों के वाल नीचे से बंद करके चार-चार टंकियों को भरने लगा। नीचे से टंकियों के वाल बंद करने से कमरों का पानी भी बंद हो जाता है। ऐसा इसलिए किया गया था कि सभी को एक समान पानी मिले। मैं छत पर बने कमरे में बैठ गया। मैं चेतन भगत की किताब पढ़ने लगा। करीब बीस मिनट किताब पढ़ने के बाद मैं कमरे के बाहर टहलने लगा। जैसे ही छत के कमरे के पीछे गया तो देखा वहाँ प्रिया एक स्टूल पर बैठी थी। मेरे होश उड़ गए। हाथ-पाँव ठंडे हो गए। जिस प्रिया से मैं बीस दिन तक बात करने के लिए तड़प रहा था, उसके सामने मैं हक्का-बक्का होकर सोचने लगा कि क्या बात करूँ। मेरी जुबान ने साथ छोड़ दिया और मैं उससे दूर जाने को वापस मुड़ा तो उसने आवाज लगाई- "राघव।" मैं वापस मुड़ा और उसके पास चला गया। मैंने उसके पास जाकर कहा, "तुम रात साढ़े ग्यारह बजे यहाँ क्या कर रही हो? तुम्हारा भाई आ गया तो?"

उसने कहा, "कोई नहीं आएगा, तुम फिक्र मत करो।" मैं फिर चुप हो गया। फिर दो मिनट की चुप्पी के बाद मैंने कहा, "पर तुम्हारा भाई परेशान होगा।"

"मैंने भाई से कहा है कि मैं चाचा के घर जा रही हूँ।"

"तुम्हारा चाचा कहाँ रहता है?"

"वह मुनिरका में ही चार गली छोड़कर रहता है।"

"तुमने मुझे कभी नहीं बताया कि तुम्हारा चाचा यहीं मुनिरका में ही रहता है।"

"हाँ नहीं बताया।"

"मैं कहता हूँ, तुम अपने भाई के पास वापस चली जाओ। अगर तुम्हारे चाचा के पास तुम्हारे भाई ने फोन कर दिया तो?"

"वह नहीं करेंगे, मैं जानती हूँ।"

"प्लीज तुम वापस लौट जाओ और तुम छत पर कब आई थी?"

"छह बजे।"

"तुमने मेरे पास फोन क्यों नहीं किया? और अब तुम अपने घर चली जाओ। यहाँ छत पर कुछ और लोग भी सो रहे हैं।"

"नहीं जाऊँगी, किसी भी हाल में।"

"मैं तुमसे फोन पर बात करूँगा।"

"मैं सारी रात तुम्हारे पास रहना चाहती हूँ।" फिर वह मेरे सीने से लग गई। मेरा भी मन हुआ कि वह सारी रात यहीं रहे पर अब भी मैं उसे भेजना चाहता था। उसके कई बार न जाने के लिए कहने पर मैं मान गया। मैंने कहा, "कमरे में चलो।" वह मेरे साथ मेरे छत के कमरे में आ गई।

"तुमने मुझसे आठ महीने बात क्यों नहीं की?"

"मैंने सोचा था कि तुम अब शायद ही कभी यहाँ आओगे, इसीलिए।"

मैंने देखा उसकी आँखों में आँसू आ गए और फिर वह बोली, "मैं घर पर तेरे लिए लड़कर यहाँ तीन महीने रहने के लिए आ गई हूँ।"

"फिर कब तक हम ऐसे बात करते? कल को तुम्हारी शादी होगी तो क्या करोगी?"

"मैं कभी शादी नहीं करूँगी।"

"तो फिर तुम कुँवारी ही बैठी रहोगी? मेरी तो शादी हो चुकी है।"

"जो भी हो।"

"अच्छा तुम दिल्ली कब आई थी?"

"कोई महीने भर पहले।"

"पर तुम दिखी तो बीस दिन पहले ही।"

"हाँ, मैं भाई के घर पर तुम्हें छत से आते-जाते देखती थी।"

तभी वह मेरे गले लगकर मुझे चूमने लगी। मैंने कहा, "थोड़ी दूरी बना लो, ऐसा करना ठीक नहीं है।"

"पर क्यों?"

"मैं शादीशुदा हूँ, मेरी बीवी मारेगी।"

तो वह अपनी हँसी छिपा नहीं पाई और बोली, "राघव मैं सोचती थी तुम बहुत अच्छे हो। पर जब तुमने मेरा नंबर ब्लॉक कर दिया तो मैं हैरान रह गई थी कि कोई ऐसा भी कर सकता है।"

"वह छोड़ो, तुम कब शादी कर रही हो? तुम कह रही थी कि कुछ दिनों में मेरी शादी हो जाएगी।"

"मैंने घर पर शादी के लिए फिलहाल मना कर दिया है।"

"पर क्यों?"

"तुम्हें मेरी शादी से क्या करना है, तुम बस मजे लो।" और उसने मेरे होठों पर एक जबरदस्ती किस कर डाला और कोई दो मिनट मुझे चूमती रही। पर मैंने बोला, "अब इससे आगे नहीं।"

"पर क्यों?"

"ये सब शादी के बाद अपने पति से करना।" और वह शांत हो गई।

"तुम्हारा नंबर क्यों नहीं लग रहा था?"

"मैंने नंबर बदल लिया है।"

"मैं तो सोच रहा था कि तुमने फोन स्विच ऑफ कर रखा है।" तो वह हँसने लगी और मना करने पर भी मुझे फिर से बाहों में भर लिया। मैंने उससे कई बार रुक जाने को कहा, पर वह नहीं मानी और हमारे बीच अभी तक जो नहीं हुआ था, वह हो गया।

और फिर टंकिया भरकर पानी बाहर निकलने लगा। तभी रहीम का फोन आया। उसने मुझे कहा कि पानी नीचे आ रहा है। तो मैंने जल्दी से दूसरी टंकियों में पानी खोला। तब तक रात के तीन बज चुके थे। मैंने प्रिया से कहा, "मैं नीचे जा रहा हूँ, तुम भी पाँच बजे पापा के आने से पहले घर चली जाना।"

उसने कहा, "अभी नहीं, अभी कुछ देर तो रुको।"

मैंने कहा, "नहीं रुक सकता हूँ। अब जाना होगा। नहीं तो पापा ऊपर आ जाएँगे, क्योंकि वे तीन साढ़े तीन बजे तक उठ जाते हैं।"

उसने कहा, "एक आखिरी किस करके।" मैं फँसा हुआ था तो मैंने एक और मनमानी उसे करने दी और फिर मैं अपने घर पर आ गया। पहले नीचे आने पर मैंने चाय बनाई अपनी और पापा की, फिर मैं रितु के पास गया। वह सो रही थी। मैंने भगवान का शुक्रिया किया कि उसे कुछ नहीं पता चला था।

शाम को मैं अपने घर के हॉल में बैठा था कि तभी अमित बाहर से घूमकर आया। उसके साथ राज भी था। मैं इस समय चाय पी रहा था और तभी उनका आगमन हुआ।

"और राज, आज हमारे घर पर?"

"हाँ, कुछ जरूरी बात करने आया हूँ।"

मैंने कहा, "किस बारे में?"

अमित ने कहा, "पेट्रोल पंप के बारे में।"

"अभी इसके दिमाग से पेट्रोल पंप का भूत नहीं उतरा है।"

"हाँ राघव, अमित कह रहा है कि एक कमेटी है जिसका सदस्य बनने से हमें अस्सी लाख तक का लोन मिल सकता है। हर महीने इनकम के अस्सी हजार ब्याज देकर।"

मैंने अमित से कहा, "इतनी तेज मत उड़ो कि ठोकर खा जाओ। हम फिर कभी और भी ऐसे सौदे कर सकते हैं। दुनिया में बस यही पेट्रोल पंप नहीं है।"

राज ने कहा, "राघव सच कह रहा है, आगे जिंदगी में ऐसे और सौदे किए जा सकते हैं।"

अमित ने कहा, "बस अस्सी हजार ही तो ब्याज है। हम इसे तीन हिस्सों में बाँटेंगे तो छब्बीस-सताईस हजार ही तो एक पार्टनर को देना होगा और बाकी का लोन हो जाएगा।"

मैंने कहा, "ठीक है, बात समझ में आ तो रही है। पर सभी कामों के तीन करोड़ पूरा फिर भी नहीं हो पाएँगे।"

अमित झल्लाया और बोला, "तुम सब मुझ पर छोड़ दो। वह सारे काम मेरे हैं, तुम शांत रहो।"

"मैं तो शांत हूँ पर इतना बड़ा रिस्क लेकर...।"

उसने मेरी बात काटते हुए कहा, "रिस्क तो हम घर बनाने से पहले ले चुके हैं। अब इसमें नया क्या है ? तुम तो बूढ़ों की तरह डर रहे हो।"

"पर अब हमारी लाइफ ठीक चल रही है। इसीलिए कह रहा था।" तभी रितु हम तीनों के लिए चाय बनाकर ले आई तो हम चुप हो गए। फिर हमने चाय पी और मैंने राज से कहा, "दो दिन इस बारे में सोच लेते हैं, अस्सी हजार का ब्याज कोई कम नहीं होता।"

राज ने कहा, "ठीक है, पर जो करना है जल्दी कर लेना, नहीं तो सौदा हाथ से जा सकता है।"

कुछ देर हम चुप रहे। फिर राज ने कहा, "अब मैं घर जा रहा हूँ।" और वह चाय पीकर चला गया।

अमित ने मुझसे कहा, "जल्दी इस बारे में जो करना है कर लेना, कहीं सब की तैयारी न बेकार हो जाए। हो सकता है पेट्रोल पंप का मालिक ढाई करोड़ का बयाना ले ले।"

मैंने कहा, "ठीक है। पर यही एक पेट्रोल पंप नहीं है। और भी बिकाऊ हो सकते हैं। क्या हम इस सौदे के ज्यादा पैसे नहीं दे रहे हैं ?"

"ठीक है भाई, जब वह हरिद्वार की लड़की आती है छत पर, तब रिस्की नहीं होता।" अमित ने यह बात बड़े धीरे से कही। मैं हक्का-बक्का रह गया कि इसे कैसे पता चली यह बात।

मैंने कहा, "तुम जो समझो करो, पर बाद में न कहना कि हमने नुकसान उठाया।"

वह बोला, "भाई नुकसान नहीं है। मैं सच कह रहा हूँ। इससे अच्छा मौका इस धंधे में घुसने का हमें नहीं मिलेगा।"

"ठीक है, तुम इतने विश्वास से कह रहे हो तो। और तुम्हें किसने बताया कि प्रिया यहाँ आती है ?"

"वह तो सारे किराएदार कह रहे हैं। जो भी इस बारे में करना है, सोच कर ही करना।"

मैंने पूछा, "ठीक है, क्या घर पर किसी को इस बारे में पता है ?"

"नहीं, अभी तो नहीं पता, पर वह आती रही तो शायद पता चल जाएगा।"

मैं यह सुनकर थोड़ा सीरियस हो गया। मैं नहीं चाहता था कि रितु को इस बारे में पता चले, नहीं तो हमारी लड़ाई क्या, तलाक तक की नौबत आ सकती है। इसलिए मैंने अमित से कहा कि इस बारे में किसी को कुछ न बताए। क्योंकि उस दिन के बाद प्रिया एक बार फिर से छत पर आई थी। कुछ लोग जो छत पर सोते थे, उन्हें इस बात की खबर थी। किराएदार चाहे अपने जीवन में कुछ करे, पर मकान मालिक कुछ करे तो बवाल हो ही जाता है। रात को प्रिया का आना ऐसा ही बवाल था।

रात को खाना खाने के बाद मैं फिर ऊपर पानी की टंकी भरने गया तो सब से पहले मैंने कमरे के पीछे जाकर देखा, पर प्रिया आज नहीं आई थी। सोचकर तसल्ली मिली और फिर मैं अपने काम में लग गया। अभी ग्यारह बजे थे, मैं टंकियों को देख रहा था। एक टंकी छत के कमरे के पीछे थी। मैं उसे देखने गया तो देखा प्रिया वहाँ थी। मैं समझ नहीं पाया वह यहाँ कैसे आ गई।

मैंने प्रिया से कहा, "तुम यहाँ कैसे आ गई हो? तुम अभी अपने घर लौट जाओ।"

"मैं यहाँ पाँच बजे से हूँ।"

"पर अभी तो तुम नहीं थी?"

"मैं इस मेज के पीछे छिप गई थी।"

"एक हफ्ते में ये तीसरी बार है जब तुम यहाँ आई हो। तुम्हें अपने भाई का जरा भी डर नहीं है?"

"पर मैं उनसे कहकर आई हूँ कि मैं चाचा के घर जा रही हूँ।"

"क्या तेरे चाचा के घर रोज-रोज जाने से भाई को शक नहीं होगा और कभी बात खुल गई तो क्या होगा?"

"जब की जब देखी जाएगी। अब कमरे में चलें?"

"नहीं, तुम यहाँ से जाओ।"

उसने कहा, "मुझसे सगाई कर लो।"

मैंने कहा, "बेवकूफ हूँ जो मैं ऐसा करूँ?"

वह हँसने लगी और कहा, "ठीक है, पर एक बच्चा ही मुझे दे दो।"

"तू बेवकूफ है क्या? पहले ही तीन हैं चौथा करके मुझे अपनी मिट्‌टी पलीद नहीं करवानी है। ये काम किस्से-कहानियों में ही अच्छे लगते हैं। बिन बाप की

औलाद? अगर असली में ऐसा किया तो नहीं जानती कि समाज तुम्हारा क्या हाल करेगा। मैं तो उस बच्चे को नाम भी नहीं दे पाऊँगा।"

अब तक मैं और प्रिया कमरे में आ चुके थे। प्रिया ने मेरे सीने से लगकर कहा, "सच में मुझे तुमसे बच्चा चाहिए।"

"तू पागल है? मैं ऐसा करूँ तो इससे अच्छा तो मैं जहर खा लूँ।" मैंने उससे कहा, "तुमने मेरी दी हुई आई पिल की टेबलेट खाई है या नहीं?" पिछली बार जब वह आई थी तब मैंने उसे आई पिल नाम की गर्भ निरोधक गोली दी थी।

"नहीं, मैंने नहीं खाई है, मैं तो तुमसे बच्चा चाहती हूँ।"

"तू पागलों की-सी बातें क्यों कर रही है?" तो उसने फिर से मुझे बाहों में लेने की कोशिश की। मैंने उसे एक तरफ धकेल दिया और कहा, "तू पागल है जो बिना ब्याही माँ बनना चाहती है। ये जिदंगी फिल्मी नहीं है, ये असली जिंदगी है।"

"मैं कब कहती हूँ। और तुम धीरे बोलो, यहाँ छत पर और लोग भी हैं, जो ये सुन सकते हैं।"

मैंने कहा, "तुम यहाँ कभी मत आना और तेरी मनमानी यहाँ नहीं चलेगी। तुम फिर पागलों जैसी बात करोगी तो मैं फोन पर भी बात नहीं करूँगा।"

"तुम तो बड़े डरपोक हो! मैं तुम्हारे बच्चे को लेकर विदेश चली जाऊँगी।"

"कहाँ? पाकिस्तान या अफगानिस्तान जाओगी? यूके या अमेरिका तो तुम नहीं जाओगी। वहाँ की तो फ्लाइट के पैसे भी नहीं इकट्ठा कर पाओगी और वहाँ क्या करोगी?"

"मैं पढ़ी-लिखी ग्रेजुएट हूँ। कोई तो काम कर ही लूँगी।"

"ऐसी बेवकूफी की बात मत करो।"

"जो कहना है कह लो, पर मैं तुम्हें नहीं पाऊँगी तो ऐसा कर लूँगी।"

मैं हँसने लगा और सोचा एक प्यार के लिए लड़कियाँ क्या नहीं कर सकती हैं। मैंने प्रिया से कहा, "तुम यहाँ एक बार और आ सकती हो और ऐसी बेकार की बातें दिमाग से निकाल दो। जानती नहीं हो, ऐसे फैसले तुम्हें जिंदगी में क्या दिन दिखा सकते हैं, वह भी बिन ब्याही माँ बनकर।"

तो वह बोली, "तुम तो बिलकुल डरपोक हो। मैं तो मजाक कर रही हूँ।" और फिर से मुझे बाहों में लेने की कोशिश करने लगी पर मैंने कहा, "तो तुमने

आई पिल की टैबलेट क्यों नहीं ली?" वह चुप हो गई।

थोड़ी देर में बोली, "ठीक है, मैं अब कभी तुम्हारी छत पर नहीं आऊँगी।"

मैंने उसे सांत्वना नहीं दी और उससे दूर हो गया।

मैंने कहा, "तुम यहाँ आती हो, सभी किराएदार को पता चल गया है साथ में अमित को भी। अब छत पर महीने में एक बार ही आना।"

"एक महीने में, मेरी तो जान ही निकल जाएगी।"

मैंने फिर कहा, "सिर्फ एक बार और आ सकती हो जाने तक।"

उसने कहा, "सिर्फ, एक बार।"

"हाँ सिर्फ एक बार।" और उसने मुझे सीने से लगा लिया। मैं फिर सुबह चार बजे तक उसके साथ रहा और फिर उसे अलविदा कहकर घर आ गया। वह भी पाँच बजे घर वापस चली गई। घर में आकर मैंने चाय बनाई। मेरा भाई अभी जगा हुआ था।

पाँच

एक हफ्ते बाद मैं घर के किसी काम के लिए बाजार गया था। मेरी स्कूटी एक कार से टकरा गई और स्कूटी का नियंत्रण बिगड़ गया और वह गिर गई। मैंने कार वाले को देखा जो वहाँ से कार लेकर भाग गया। सड़क से घिसने के कारण मेरे हाथ और पाँव से खून निकलने लगा, पर मेरा चेहरा बच गया। गिरते ही आस-पास के लोगों ने मुझे उठाया। एक आदमी ने कहा, "इस कार वाले की पुलिस में रिपोर्ट करनी चाहिए।" एक आदमी ने मुझे बैठने के लिए स्टूल दिया और मैं दर्द से कराहते हुए स्टूल पर बैठ गया। मेरे हाथ में अंदरूनी चोट भी लगी थी। एक आदमी ने मुझे पीने के लिए पानी दिया।

मैंने कहा, "मुझे एक कॉल करनी है, मेरा फोन कहाँ है।" तो एक आदमी ने मुझे सड़क से उठाकर फोन दिया। मैंने अपने भाई को फोन लगाया और कहा, "जल्दी से बाजार आ जाओ।" तो उसने कहा, "क्या बात है ?"

कोई बीस मिनट में अमित बाजार पहुँचा। उसने मुझे देखते ही कहा, "ये चोट कैसे लगी ?"

"वह कार स्कूटी के शीशे से टकरा गई थी और फिर स्कूटी का बैलेंस बिगड़ गया जिससे स्कूटी गिर पड़ी।"

"अच्छा हुआ चोट ज्यादा नहीं आई है। डॉक्टर के पास चलते हैं।"

मैं और अमित डॉक्टार के पास गए जिसने सभी चोटों पर पट्टी बाँध दी और कहा कि हाथ की हड्डी चटक गई है इस पर गरम पट्टी आयोडेक्स के साथ बाँध लेना। फिर हम घर चल दिए।

घर पर आते ही स्कूटी की कहानी कई बार घर पर बताकर ही घरवालों को चैन मिला। रितु तो रोने भी लगी और कहा, "तुम कार लेकर भी जा सकते थे, इन दो पहिये की गाड़ी का कोई भरोसा नहीं रहता।" मैंने कहा, "अरे कोई बड़ा

एक्सीडेंट नहीं है, चोट मामूली है।" पर वह फिर भी रोती रही।

मैंने रितु से कहा, "कोई गरम पट्टी और आयोडेक्स है घर पर? मेरे हाथ पर आयोडेक्स मलकर गरम पट्टी बाँध दो।" उसने मेरे हाथ पर आयोडेक्स मलकर गरम पट्टी बाँध दी। बीवी कैसी भी हो, पर ऐसे वक्त पर बड़े आराम से पेश आती है। मैं दायें हाथ से कोई भी काम नहीं कर पा रहा था। पर रितु ने मेरी मदद की। ऐसा सिर्फ बीवी और माँ ही कर सकती हैं। घर के बाकी लोगों को मेरे चोटिल होने से कोई फर्क नहीं पड़ा था। रितु ही उस वक्त मेरे सारे काम करती थी। वह नहाने में भी मेरी मदद करती थी। वह मुझसे इतनी लड़ती थी, पर उसका प्यार देखकर मैं हैरान था। एक बार तो उसने कहा, "अगर तुम्हें कुछ हो जाता तो हमें कौन पालता। हम तो अनाथ हो जाते। मेरे बच्चों का क्या होता।" वह सात दिन तक मेरी देखभाल करती रही, जब तक चोट ठीक नहीं हो गई। अब ये सब देखकर मेरी समझ में आया कि नारी कितनी दयालू होती है। मेरे परिवार ने कभी नहीं पूछा था कि तुम्हारा हाल क्या है, सिवाय माँ और रितु के।

छह

शाम के सात बजे मैं पंकज की दुकान पर सिगरेट पी रहा था। तो देखा प्रिया सच में अपने घर के नीचे एक लड़के से बात कर रही थी। तभी मैंने उसे देख लिया तो उसने मेरी तरफ आँख मारी। मैं सकते में रह गया कि ये कौन है। मैंने उसे इशारों में कहा- "कौन कमीना है ये ?"

उसने कोई जवाब नहीं दिया और उस लड़के के सिर पर हाथ मारकर वह वहाँ से चली गई। मैंने अपनी सिगरेट खत्म की और फिर से एक और सिगरेट जला ली। मैंने प्रिया के नंबर पर फोन किया, पर उसने फोन नहीं उठाया। मैंने फिर पंकज से कहा, "क्या तुमने देखा वह कौन है ?"

"उसे तो मैं हर रोज देखता हूँ। वह प्रिया से हर रोज बात करता है।"

मैंने कहा, "वह उसका दोस्त है, मुझे तो ऐसा नहीं लगता।"

"मुझे भी वह उसका दोस्त या जानने वाला नहीं लगता।" पंकज ने कहा।

"अच्छा, अब वह आए तो तुम मुझे फोन कर देना।"

"क्या फायदा, वह उसे अपना जानने वाला बताकर पल्ला झाड़ लेगी।"

"तू सही कह रहा है।"

"हाँ सच में किराएदार ऐसा ही करते हैं। मैं ऐसी लड़कियाँ रोज देखता हूँ।" तभी राज भी आ गया और बोला, "वह तेरी सेटिंग अक्सर पता नहीं किस लड़के से बात करती है।"

"हाँ मैंने भी अभी देखा। पता नहीं कौन है वो।" मेरे अंदर पता नहीं क्या हुआ कि मैं अब जलने लगा। मैंने राज से कहा, "किराएदार लगता है पर रहता कहाँ है ?"

"अरे इतने किराएदारों में कैसे पता चलेगा ? कल उसे पकड़ कर पूछ लेना।"

"तुम ठीक कह रहे हो।"

मैंने प्रिया का नंबर ट्राई किया पर इस बार वह किसी से बात कर रही थी। मैंने फिर से एक और सिगरेट जला ली और पीने लगा। तो राज ने कहा, "पेट्रोल पंप के बारे में क्या प्रोग्रेस है?" मैंने कहा, "पता नहीं। मुझे घर पर कुछ काम है।" मैं वहाँ से चल दिया। उसकी नजर में पेट्रोल पंप कुछ मायने रखता होगा, पर मेरे लिए तो बस यही पता लगाना जरूरी था कि वह लड़का कौन था, जिससे प्रिया बातें करती थी। मैं घर आ गया।

घर पर आते ही मुझे मेरे भाई ने घेर लिया और कहा, "राज और पंकज को घर बुलाने के लिए फोन करो।"

मैंने पूछा, "बात क्या है?"

"वह मैं सोच रहा था कि पेट्रोल पंप के लिए बयाना दे देते हैं।"

"पर इतनी जल्दी?"

"हाँ उसे पचास लाख रुपए देने होंगे। इसीलिए उन्हें बुला लेते हैं।"

"पर इतने पैसों का बयाना?"

"हाँ ये बड़े सौदे होते हैं। इससे कम बयाना नहीं हो सकता है। हम अगले हफ्ते इसे दे देंगे।"

"पर सौदा कितने का है?"

"दो सत्तर का।"

"कितने दिन में हमें ये पैसे उसे देने होंगे?"

"यही कोई तीन महीने में।"

"पर तीन करोड़! क्या हम तीन करोड़ इकट्ठा कर पाएँगे?"

"हाँ भाई, बैंक से लोन एप्रूव हो गया है। साथ ही जीजाजी से उस कमेटी के बारे में बात हो गई है, जो हमें अस्सी लाख लोन पर देगी।"

"क्या राज और पंकज इसे लेने को राजी हो गए हैं?"

"हाँ ये सब बात उनसे हो गई है। तुम उन दोनों को अपने घर अभी बुला लो।"

मैंने कहा, "पर एक बार फिर से सोच लो।"

"मैंने सोच लिया और तूने भी मेरी तरफ से सोच लिया। अब उन्हें बुला लो।" "ठीक है बुलाता हूँ।" मैंने राज और पंकज को फोन किया उन्हें रात दस

बजे आने को कहा।

मैं बाथरूम में गया। प्रिया के बारे में सोचकर मेरी आँखों में आँसू आ रहे थे। मैंने अपनी आँखें धोईं। मुझे पेट्रोल पंप की नहीं पड़ी थी, मैं तो उस लड़के के बारे में सोचकर परेशान था या जल रहा था। मैं रोता रहा। फिर मैंने अपने को तैयार किया कि तभी मुझे लगा कि अब एक बार प्रिया से बात कर लेता हूँ। पर पंकज सही कह रहा था, ये लड़कियाँ ऐसी ही होती हैं। अब मैं उसे फोन नहीं करूँगा। बाथरूम से बाहर आ गया।

मैंने बाथरूम से बाहर निकलते ही अपने फोन से प्रिया का नंबर ब्लॉक कर दिया और चुपचाप से हॉल में बैठ गया। अमित पेट्रोल पंप को लेकर काफी खुश था।

उसने कहा, "एक बार ये सौदा हो जाए, तो हमारे पड़ोसी भी जलकर खाक हो जाएँगे।" मैं थोड़ा मुस्कुराया और सोचने लगा पड़ोसी इतना नहीं जलेंगे जितना मैं जल रहा हूँ। तभी राज और पंकज भी आ गए। अमित ने राज और पंकज को पेट्रोल पंप का बयाना देने के लिए कहा। तो राज ने कहा, "ठीक है, हमारी तरफ से सब डन है।" फैसला हुआ कि सोमवार को हम सब बयाना देने चलेंगे।

लोन और कमेटी से भी अस्सी लाख के लोन के बारे में बात कर ली गई और तय हुआ कि सब लोग 27-27 हजार रुपए कमेटी को ब्याज के तौर पर देंगे, जब तक जब तक अस्सी लाख रुपए नहीं दे देते। फिर राज और पंकज अपने घर चले गए।

हफ्ता नहीं, चार दिन में ही वे तीनों पेट्रोल पंप का बयाना देने पहुँच गए। तय हुआ कि तीन महीने में हमें बाकी के दो करोड़ बीस लाख रुपए देने होंगे। पर मैं उनके साथ नहीं गया था। मैं तो प्यार में जल रहा था। चार दिन तक मैंने प्रिया से फोन पर बात नहीं की थी और सोच लिया था कि अब मैं कभी प्रिया से बात नहीं करूँगा।

सात

चार साल पहले

मैं और अमित घर के हॉल में बैठने आए। रात के साढ़े ग्यारह बजे थे। मैंने अमित से कहा, "हमने कर दिखाया।" तो उसने कहा, "पाँच साल में ऐसा कायाकल्प कैसे हो गया, समझ से बाहर है।" हम अपने किराए के फ्लैट्स और पीजी की बात कर रहे थे। सिर्फ पाँच साल में नौ हजार से पाँच लाख किराया, सच में एक सपना लगता है।

हमने अपने घर में इन पाँच सालों के अंदर आधे में पीजी और आधे में किराए के फ्लैट्स बनाए थे। ये हमारे सपने के सच होने जैसा था।

"अब अगले साल हम सेंट्रो कार को बेचकर फॉरचूनर एसयूवी लेंगे।"

मैंने कहा, "नहीं अभी नहीं, पहले हम कुछ प्लॉट आने वाले सालों में ले लेंगे। क्योंकि अपने आप को पैसे के मामले में सेफ कर लें।"

अमित ने कहा, "हम अब वित्तीय तौर पर सेफ हैं।"

"नहीं अभी नहीं, अभी बच्चे छोटे हैं। जितना कमाना है अभी कमा लेते हैं, नहीं तो उनके स्कूल की फीस से लेकर ट्यूशन तक के खर्च होने लगेंगे। पहले थोड़ी प्रॉपर्टी लेंगे। पर कल का क्या भरोसा और हमें साल भर के अपने टार्गेट एक करोड़ हर साल कमाने का पूरा करना है। समय कम है मैं अभी 31 साल का हूँ। मैं नहीं चाहता हूँ कि चालीस साल की उम्र में एक करोड़ पर पहुँचूँ। तब तक तो बूढ़े हो जाएँगे।"

"तभी तो कह रहा हूँ कि एक बड़ी-सी गाड़ी पहले ले लेते हैं।"

"अच्छा तू कह तो सही रहा है पर फिर भी ऐसा करना ठीक नहीं होगा। पड़ोसी कहेंगे कि पैसा हजम नहीं हो रहा है।"

"उन्हें इससे क्या मतलब और हमारा पैसा है, हम जो कुछ भी करें।"

"ठीक है, जैसा तुम ठीक समझो पर ये 28 लाख का उधार भी तो वापस करना है।"

"ये उधार तो बस पाँच-छह महीने ही चुकाने में लगेंगे।

हम रात तीन बजे तक बातें करते रहे फिर सोने गए। मेरा दिमाग कह रहा था जो सपना हमने पाँच साल पहले देखा था, पूरा हो गया। पाँच साल पहले हमारा किराया नौ हजार था जो अब बढ़कर पाँच लाख हो गया था। ऐसा करना आसान नहीं था। एक सकून भरी नींद के साथ मैं सुबह उठा और फिर छवि और समीक्षा को स्कूल छोड़कर आया।

सुबह कोई तीन किराएदार नए बने कमरों में शिफ्ट होने आ गए। कमरे भी हर तरह से रेडी थे, सारे काम पूरे थे। ये चालीस फ्लैट थे जो नए कमरे थे, जिसमें से तीन बुक हो गए थे।

अब एक काम और बढ़ गया था पानी भरने का। अब मुझे पानी के लिए ज्यादा मेहनत करनी पड़ेगी। इसलिए मैं दोपहर को ही गरमी में पानी भरने के लिए छत पर चढ़ गया। अमित ने कहा भी था कि एक लड़का पानी भरने के लिए रख लेते हैं। पर मैंने ही उसे ये कहते हुए मना कर दिया था कि हमारे पास काम ही क्या है। तब छत पर पानी भरने के लिए कमरा भी नहीं था। इसीलिए मैं एक कुर्सी मोमटी की छाया में रखकर बैठ गया। तभी एक लड़की वहाँ आ गई। उसने कहा, "सर क्या आपके पास नए बने कमरों में कोई फ्लैट खाली है?"

मैंने कहा, "हाँ, अभी कमरे खाली हैं।"

"मुझे दो कमरों का सेट चाहिए।"

"तुम कितने लोग हो?"

"मैं और मेरा भाई। मैं अभी भी यहीं रह रही हूँ। आपके पीजी रूम में।"

"ठीक है, एडवांस किराया दे दो और फ्लैट में शिफ्ट हो जाओ। तुम क्या काम करती हो?"

"मैं अभी पढ़ रही हूँ, गार्गी कॉलेज में। मेरा भाई वसंत कुंज में दीप पब्लिक स्कूल में टीचर है।"

मैंने उसे तब गौर से देखा। गोरी-चिट्टी लड़की थी वह। उसने टाइट जींस पहनी हुई थी। सर के बाल उसने ब्राउन कर रखे थे। सही में वह डी.यू. की छात्रा लगती भी थी। मैंने कहा उससे, "आप पाँच हजार रुपए में फ्लैट बुक करा

सकती हो।" तो उसने कहा, "ठीक है।" और मुसकराने लगी। उसने मुझे पाँच हजार रुपए भी दे दिए।

मैंने कहा, "जाकर ऊपर की मंजिल पर बने दस फ्लैट्स में से जो पसंद आए ताला मार दो।" वह मुस्कुराई और वहाँ से चली गई।

रात के बारह बजे मैं फिर ऊपर पानी भरने चल दिया। देखा वही लड़की कुछ किरायदारों के साथ खड़ी थी। मैंने उसे देखा तो मुस्कुराकर बोली, "हेलो सर, कैसे हो?"

"मैं ठीक हूँ, क्या तुम पीजी से फ्लैट में शिफ्ट हो गई हो?"

"हाँ मैं दोपहर को ही फ्लैट में शिफ्ट हो गई थी।"

"तुम वैसे कहाँ की हो?"

"मैं हरिद्वार से हूँ।"

"तुम गार्गी कॉलेज में क्या पढ़ रही हो।"

"बी.ए. कर रही हूँ।"

"तुम्हारा नाम क्या है?"

"प्रिया।" उसने जवाब दिया।

इसके बाद मैं अपने काम में लग गया। वह भी कुछ देर में वहाँ से चली गई। पर रात के तीन बजे वह फिर छत पर आई। वह मुस्कुरा रही थी। मैंने उससे पूछा, "रात के तीन बजे यहाँ क्या कर रही हो?"

"मैं पढ़कर थक गई थी। मेरे एग्जाम होने हैं।"

"किस तारीख को एग्जाम है?"

"अभी परसो ही है।"

"किस सब्जेक्ट का है?"

"मैं संस्कृत ऑनर्स कर रही हूँ। उसी का है। मेरी एक बहन भी है, उसने भी संस्कृत ऑनर्स कर रखा है। वह मेरे चाचा की लड़की है।"

"सुना था कि संस्कृत ऑनर्स में सात सब्जेक्ट हैं। क्या तुम्हारे भी इतने ही हैं?"

"हाँ, इतने ही हैं।"

"पर तुमने संस्कृत ऑनर्स ही क्यों चुना?"

"एक तो संस्कृत ऑनर्स में आसानी से नंबर आ जाते हैं। और इससे टीचर्स

आसानी से बना जा सकता है।"

"तुम तो समझदार हो।"

"मेरी बहन भी टीचर है।"

फिर उसने पूछा, "आप कहाँ तक पढ़े हो?"

"वैसे तो मैं बारहवीं तक ही कर पाया था पर मैं अरविंदो कॉलेज में एक साल तक गया हूँ।"

"आपने ग्रेजुएशन क्यों पूरी नहीं की?"

"मेरा आगे पढ़ने का मन नहीं हुआ इसीलिए।"

वह हँसते हुए बोली, "तुम्हें ग्रेजुएशन करने की जरूरत भी क्या है।"

"क्या तुम मेरे साथ पिक्चर देखने चल सकती हो?" मैंने उसकी आँखों में झाँकते हुए कहा।

"नहीं जा सकती हूँ, मेरे एग्जाम हैं, मुझे पढ़ना है।" मैंने उसे बड़े गौर से देखा। वह बहुत सुंदर दिख रही थी। तभी उसने मेरी तरफ से आँखें हटा ली और कहा, "अब मैं जाती हूँ।" मैंने कहा, "जैसी तुम्हारी मर्जी।" वह चली गई। पर मुझे बड़ा अफसोस हुआ कि मैंने उसे पिक्चर के लिए पूछा।

अगले दो दिन वह मुझे नहीं दिखी। तीसरे दिन जब मैं छत पर गया तो प्रिया वहाँ थी। मैंने उससे कोई बात नहीं की तो वह मेरे पास आई और कहा, "कैसे हो?"

"मैं ठीक हूँ। और तुम्हारा एग्जाम कैसा गया?"

"ठीक ही गया।"

"अब और एग्जाम हैं?"

"नहीं, वह आखिरी था।" तभी उसका भाई भी ऊपर आ गया। उसने भाई को देखते हुए कहा, "ये मेरे भाई हैं।"

"ये टीचर हैं, तुमने कहा था।" उसका भाई हमारे पास आकर खड़ा हो गया। उसके भाई ने मेरे से हाथ मिलाया और कहा, "विजय।" मैंने कहा, "राघव।"

मैंने कहा, "हरिद्वार से हो?"

"हाँ, हरिद्वार से हूँ।"

"तुम यहाँ टीचर हो, क्या पढ़ाते हो?"

"मैथ्स पढ़ाता हूँ, भइया।"

"कौन-सी क्लास तक, मेरा मतलब, दसवीं तक या बारहवीं तक?"

"दसवीं तक।"

"तुम ट्यूशन भी लेते हो?"

"मैं ज्यादा ट्यूशन नहीं लेता, मैं गर्वमेंट टीचर की तैयारी कर रहा हूँ।"

"शादी हो गई तुम्हारी?"

"हाँ हो गई है।" तभी उसने कहा, "अच्छा भइया, अब घर जा रहा हूँ।" और प्रिया के साथ वह चला गया।

रात के तीन बजे प्रिया फिर से ऊपर आई। मेरे दिल की धड़कन बढ़ गई। उसने कहा, "अभी आप ऊपर ही हो, बड़ी मेहनत करते हो।"

"इस काम में मेहनत क्या, बस कुर्सी पर बैठे रहो और वाल चेक करते रहो। तुम्हें नींद नहीं आ रही है?"

"बहुत खुश हूँ, इसलिए।"

"पर किसलिए खुश हो, बताओ।"

"वो मेरे एग्जाम जो खत्म हो गए, इसीलिए।"

मैं जोर से हँसने लगा और कहा, "अब मूवी थियेटर जा सकते हैं?"

उसने कहा, "नहीं जा सकते हैं। मेरा भाई नहीं मानेगा।"

"क्या तुमने उनसे पूछा है?"

"नहीं पूछा, क्योंकि वह नहीं मानेंगे।"

"तुम्हारा कॉलेज तो सिर्फ लड़कियों का है। क्या तुम्हारा कोई ब्वॉयफ्रेंड भी है?"

"नहीं है। मैं शरीफ लड़की हूँ।" और वह हँसने लगी कि तभी मौका देखकर मैंने कहा, "मैं बन सकता हूँ तुम्हारा ब्वॉयफ्रेंड।" वह कुछ नहीं बोली और सीरियस हो गई। फिर उसने कहा, "ऐसा मुझसे फिर मत कहना।" और वह चली गई।

आठ

रात को अपना मुँह बनाकर मैं घर पहुँचा। यह समझकर कि क्या बेइज्जती करवा ली मैंने। अभी रितु जगी हुई थी। उसने कहा, "साढ़े तीन बजे हैं, बारह बजे से अब तक पानी भर रहे थे?"

मैंने कहा, "हाँ, अभी तक तो पानी ही भर रहा था।"

"फिर अब कब सोओगे? और फिर से दोहपर को पानी भरने जाना पड़ेगा। किसी को नौकरी पर क्यों नहीं रख लेते हो? ऐसे तो तुम बीमार पड़ जाओगे।"

"पड़ जाने दो बीमार। इस काम में क्या मेहनत लगती है जो कि किसी को नौकरी पर रख लूँ।"

तो उसने कहा, "ठीक है, पर मुँह क्यों बना रखा है?"

मैंने कहा, "कहाँ बना रखा है?"

"क्या बात है? कुछ बताओ, अमित से झगड़ा हुआ है?"

"तुम तो पागल हो। चाय बना लाओ। थक गया हूँ।"

"तभी कह रही थी एक लड़का पानी भरने के लिए रख लो।"

"ठीक है रख लेंगे, एक-दो महीने में। तुम चाय बना दो कब से कह रहा हूँ।"

मुझे प्रिया से हल्का-सा अट्रैक्शन हो गया था। नहीं जानता था कि ये प्यार था प्रिया से या कुछ और। उसका इस तरह से वहाँ से चले जाना मेरे लिए सदमे से कम नहीं था। ये प्यार जिंदगी में ऐसे ही चुपचाप घुस जाता है। पर मुझे तो बेइज्जती ज्यादा लग रही थी। तभी रितु कमरे में आई। मुझे चाय दी और कहा, "काफी समय हो गया है हम कहीं घूमकर नहीं आए हैं।"

"चलो हरिद्वार घूमने चलते हैं।" और मैं हँसने लगा।

"तो इसमें हँसने की क्या बात है, हम वहाँ से मसूरी चलेंगे।"

"नहीं, अभी नहीं जा सकते हैं। अगली बार चलेंगे।"

"पर क्यों नहीं जा सकते हैं?"

"अरे अभी तो कमरे भरे हैं, यहाँ पर पानी कौन भरेगा? गरमी में पानी ज्यादा लगता है। सर्दियों में चल सकते हैं।"

"क्या पानी अमित नहीं भर सकता है?"

"एक आदमी सारे काम नहीं देख सकता है।"

"फिर सर्दियों में गोवा चलते हैं। अभी तक वहाँ घूमकर नहीं आए हैं।"

"हाँ ठीक है।" मैंने चाय की आखिरी घूँट लेते हुए कहा।

कई दिन तक मैं अपने अपमान के साथ छत पर रात को और दोहपर को जाता रहा, पर प्रिया मुझे नहीं दिखी। फिर एक दिन दोहपर को जब मैं ऊपर चढ़ा तो वह मुझे दिखी। आज उसने लाल-पीली सलवार और कुर्ती पहन रखी थी। गोरा रंग और ये लाल और पीला रंग उस पर बहुत जँच रहा था। बाल भी उसने खोल रखे थे। मैंने उसे एक नजर देखकर नजर हटा ली। उसने भी ऐसा ही किया। मुझे अब अपने-आप से शर्मिंदगी महसूस हुई। वह सूखे कपड़े लेने आई थी, फिर वह चली गई। मैं अपना काम करता रहा। एक बार तो सोचा प्रिया की टंकी ना भरूँ, फिर भी मैंने उसे भर दिया। मैं रात को पानी भरने गया तो प्रिया रेलिंग के पास खड़ी हुई मिली। मैं भी अपने काम में लग गया। मैंने प्रिया से कोई बात नहीं की तो वह मेरे पास आई और कहा, "नाराज हो?"

"नहीं, किस बात पर नाराज होता?" तो वह मुस्काराई और कहा, "हम दोस्त हैं।"

मैंने कहा, "तुमने तो नहीं कहा था, उस दिन।"

"वह इसलिए की तुम तो मेरे लवर बनना चाहते थे।"

"मैं तो ऐसे ही तुमसे मजे ले रहा था।" तो वह भी हँसने लगी और कहा, "तुम सीरियस नहीं थे?" मैंने कहा, "नहीं था।"

उसने मेरे कंधे पर हाथ मारते हुए कहा, "झूठ बोल रहे हो।"

"नहीं सच में।"

"तुम लड़के बिल्कुल बेवकूफ होते हो, लड़की जरा-सी बात क्या कर ले कि चले लवर बनने।" वह हँसने लगी। मैं भी मुस्कुराने लगा। अब मैं फिर से

अपमानित महसूस करने लगा।

प्रिया ने कहा, "पहले लड़की क्या चाहती है, ये जान लेने पर ही उससे बात करनी चाहिए।"

मैंने कहा, "सच कह रही हो। तो तुम्हें कैसा लवर चाहिए?"

"जो बिलकुल तुम्हारे जैसा नहीं हो। जो अपनी बात या प्यार की बात तुम्हारी तरह न करे।"

मैं थोड़ा सीरियस हो गया। शायद वह ठीक कह रही थी, मैंने फिर से कहा, "तुम्हें कैसा ब्वॉयफ्रेंड चाहिए?"

"जो कि शादीशुदा न हो।"

मैंने कहा, "ठीक है, पर तुम जैसी लड़की से कौन शादीशुदा प्यार न कर बैठे?" तो वह मुस्कुराने लगी। मैंने कहा, "तुम्हारा भाई तुम्हारा वेट कर रहा होगा।"

"वह तो हरिद्वार गए हैं।"

"अच्छा, तो इसीलिए अभी रात के दो बजे तक यहाँ हो।"

"हाँ इसीलिए।"

"क्या तुम्हें कॉफी पीनी है?"

"हाँ क्यों नहीं।" मैं सोच रहा था कि वह मुझे अपने घर कॉफी पिलाएगी पर उसने कहा, "अभी बनाकर लाती हूँ।" और वह चली गई।

कोई बीस मिनट बाद वह वापस लौटी। उसके हाथ में दो कॉफी के कप थे। उसने कॉफी मुझे दी। मेरे मुँह से निकला- "थैंक्स।" कॉफी का घूँट लिया जिससे मेरी जीभ जल गई। वह ये समझ गई और हँसने लगी। मैंने कहा, "क्यों हँस रही हो?"

"वह इसलिए तुम्हारा मुँह जल गया।" मैं भी थोड़ा मुस्कुराया तो वह बोली, "जैसे तुम कॉफी से अपना मुँह जला बैठे हो, ऐसे ही लड़की से बात करते हुए जल्दी नहीं करनी चाहिए।"

मैंने कहा, "अब तो लड़की ठंडी है, तो अब मुझे अपना ब्वॉयफ्रेंड बना लो और मूवी देखने चलो।"

"नहीं जा सकती हूँ। भइया कल ही आ जाएगा।"

"इतनी जल्दी?"

"हाँ जल्दी ही, आज रात ही उन्होंने बस पकड़ ली है। सुबह छह बजे वह यही होंगे।"

"क्या तुम्हारे भाई की शादी हो गई है?"

"हाँ, पर मेरा भाई भाभी को पसंद नहीं करता है। वह ज्यादा पढ़ी-लिखी नहीं हैं, इसलिए।"

मैंने उससे दुबारा पूछा, "तुम मेरी गर्लफ्रेंड बनोगी?" तो वह हँसने लगी और कहा, "इतना उतावलापन ठीक नहीं। मैं इस बारे में सोचूँगी। मैं कल कॉलेज जाऊँगी। अब जाकर सोना है।"

मैंने कहा, "कॉफी के लिए धन्यवाद!" फिर वह चली गई। मैं भी पानी भरकर घर चला गया। घर पर रितु जाग रही थी। उसने मुझे चाय के लिए कहा, पर मैंने उसे मना कर दिया।

अक्सर अब प्रिया रात को छत पर आने लगी। मैं भी शायद उससे प्यार करने लगा था। पर मैंने उसे उस दिन के बाद अपने प्यार के बारे में कुछ नहीं कहा, पता नहीं मैं उस वक्त कहाँ जा रहा था। मैं बिलकुल नहीं समझ पा रहा था, ऐसे रिश्ते के बारे में। समय निकला जा रहा था, एक दिन प्रिया ने कहा कि वह जल्दी ही वापस हरिद्वार जाने वाली है। मैंने कहा, "क्यों तुम अपनी पढ़ाई छोड़कर वापस जा रही हो?" तो उसने कहा, "मेरे घर वाले अब नहीं चाहते कि मैं दिल्ली में रहूँ।"

"पर तुम्हारी पढ़ाई का क्या होगा? ऐसे तो प्रिया तुम कभी अपना सपना पूरा नहीं कर पाओगी।"

"लेकिन मैं अपनी पढ़ाई अब पत्राचार से जारी रखूँगी।"

"पर कोरेस्पोंडेंस और कॉलेज की पढ़ाई में फर्क है। यहाँ तुम अपने प्रोफेसरों से पढ़कर अच्छे नंबर ला सकती हो पर कोरेस्पोंडेंस की पढ़ाई में तुम बिना टीचरों के ऐसा नहीं कर पाओगी।"

"पर मैं कर भी क्या सकती हूँ, पापा ने मुझे बुलाया है। मैं हरिद्वार के छोटे-से गाँव में रहती हूँ, जहाँ पढ़ाई-लिखाई की ज्यादा परवाह नहीं की जाती है।"

"पर क्यों ऐसा है?"

"क्योंकि वहाँ लड़कियों को अब भी बोझ ही समझा जाता है और बस हर बाप ये चाहता है कि वह जल्दी से अपनी बेटी की शादी कर दे। उन्हें इस बात

की परवाह नहीं कि वह अपने कैरियर के बारे में कुछ सोचे। वे तो चाहते हैं कि बस ये मुसीबत घर से निकल जाए।"

"क्या तुम्हारा भाई भी ऐसा सोचता है?"

"नहीं, वह ऐसा नहीं सोचते हैं पर वह पापा की हर बात आँख बंद करके मानते हैं।"

"पर फिर भी तुम्हें अपने पापा से बात करनी चाहिए।"

"नहीं, मैं ऐसा नहीं कर सकती हूँ।"

मैंने भी उससे इस बारे में ज्यादा बात नहीं की और उससे कहा, "क्या तुम अब भी मेरे साथ मूवी देखने नहीं चलोगी?"

"नहीं, मेरा अब मन मूवी देखने का नहीं है। मैं कुतुब मीनार देखना चाहती हूँ, तुम अगर तैयार हो तो।"

"क्यों नहीं, मैं तुम्हारे साथ कल ही कुतुब मीनार के लिए चलना चाहता हूँ।" वह मुस्कुराने लगी और कहा, "कल नहीं परसो चलना, कल मुझे कोरेस्पोंडेंस का बी.ए. का फॉर्म लाना है।"

"मैं भी तुम्हारे साथ चल सकता हूँ, अगर तुम कहो तो?"

"नहीं, मैं वहाँ अकेले ही जाऊँगी।"

"ठीक है, पर कुतुब मीनार अकेले नहीं जाना।" वह हँस पड़ी। रात को कई घंटे हम साथ रहे फिर मैं घर आ गया।

घर पर आने पर मैं सोचने लगा अब मेरे प्यार का क्या होगा? पर सोचा सही है। मैं भी बीवी बच्चों वाला हूँ। शायद उसका जाना सही है। मैंने सोचा था कि मैं जल्दी ही प्रिया से कह दूँगा कि मुझे उससे प्यार है। पर अब वह जा रही है। इसलिए अब इसका कोई तुक नहीं बनता है। मेरा दिल उसके जाने से बैठा जा रहा था और मैं कर भी क्या सकता था।

मैं सुबह तक नहीं सोया था। अब मैं रितु से भी ज्यादा बात नहीं करता था। वह सोचती थी कि काम के दबाव के कारण ऐसा है। मैं भी सोचता था कि ऐसे अवैध प्यार का क्या होगा, जिसमें प्यार करने वाला शादीशुदा हो।

नौ

दो दिन बाद प्रिया के साथ कुतुब मीनार जाने का प्लान बना। मुझे अपनी गाड़ी से कुतुब मीनार जाना था। वह नीला सूट पहनकर आई थी। जिस टाइम वह अपने कॉलेज को जाती थी उसी समय वह मुझे रोड पर मिली। उसने अपने भाई से कहा था कि वह आज आखिरी बार अपने कॉलेज के दोस्तों से मिलने जा रही है। वह मुझे रोड पर दिखी, जिसके सामने मैंने अपनी ब्राउन डस्टर एसयूवी गाड़ी लगाई। वह उसमें बैठ गई। मैं जानता था कि पहली और आखिरी बार वह मेरे साथ घूमने जा रही है। उसने गाड़ी में बैठते ही कहा, "हेलो।" मैंने भी उसे "हेलो" कहा, और फिर वह बोली, "तुम उदास क्यों लग रहे हो?"

मैंने कहा, "नहीं मैं बिलकुल उदास नहीं हूँ।"

"मुझे पता है। मेरे जाने से तुम उदास हो गए हो। पर मैं साल में एक बार अपने भाई से मिलने के बहाने तुम्हें मिलने आ ही जाऊँगी।" उसने कहा, तो मैं थोड़ा हँसा। मैंने कहा, "तुम अब जाने के बाद एक साल में आओगी।" तो वह मुस्कुराई और बोली, "इतना समय तो लग ही जाएगा, पर मैं तुमसे फोन पर बात करती रहूँगी।"

"पर हर रोज तुम्हें मुझसे बात करनी होगी।"

उसने कहा, "ठीक है।"

मैं काफी तेज गाड़ी चला रहा था। तो उसने कहा, "इतनी तेज क्यों चल रहे हो?" तो मैंने गाड़ी धीमी कर दी। कुछ देर में हम कुतुब मीनार के गेट के बाहर थे। फिर हमने अंदर जाने का टिकट लिया और उस लाइन में लग गए जहाँ से हमें कुतुब मीनार के गेट के अंदर जाना था। मैंने प्रिया से कहा, "तुम जानती हो, मैं यहाँ अक्सर अपने स्कूल से बंक मारकर कुतुब मीनार आता था। वह जो स्कूल बाईं तरफ है, मैं उसमें पढ़ता था।"

तो वह मुस्कुराई और बोली, "अच्छा इसीलिए तुम ज्यादा नहीं पढ़े हो। जो लोग स्कूल से भागकर ये काम करते हैं, वे ज्यादा नहीं पढ़ते।"

फिर वह जोर से हँसी। तब तक हमने अपनी टिकट और जरूरी चेकिंग करवाई। हम फिर अंदर चले गए। जैसे ही हम घूमते हुए कुतुब मीनार के पास पहुँचे तो प्रिया ने कहा, "दूर से कुतुब मीनार ज्यादा बड़ा नहीं लगता और इतना सुंदर भी नहीं, पर पास से इसे देखने पर ताजमहल से कम नहीं है।" मैं थोड़ा मुस्कुराया और कुतुब मीनार को देखने लगा।

प्रिया ने कहा, "तुम यहाँ रोज आते थे, तब में और अब में क्या फर्क आ गया है इस जगह में?"

"फर्क ये है कि पहले यहाँ पर टिकट नहीं लगता था न ही चेकिंग होती थी। आस-पास के पार्क में घास भी ज्यादा नहीं होती थी। साथ में विदेशी भी ज्यादा आते थे। विदेशियों की एक बार में कोई पाँच-दस बसें हर आधे घंटे में आती थीं। पर अब नहीं आती हैं।"

"तुम कब की बात कर रहे हो?"

"ये बात 1993-1995 की है।"

"तो अब विदेशी क्यों कम आते हैं?"

"क्योंकि उस समय दिल्ली का पॉल्यूशन इतना नहीं था। पहले यूरोप और अमेरिका से लोग यहाँ सबसे ज्यादा आते थे पर अब उनको पॉल्यूशन की वजह से दिल्ली में साँस लेने में दिक्कत होने लगी है। इसलिए वे गोरे लोग अब दिल्ली में कम ही आते हैं। पहले ठंड के दिनों में गोरे लोग बहुत आते थे। पर अब में और तब में फर्क दिखने लगा है।"

तो प्रिया ने कहा, "पर अब भी यहाँ बहुत भीड़ है।"

"हाँ, है तो सही, अब यहाँ भारत के लोगों की भीड़ ज्यादा है।"

"तुम्हें नहीं लगता कि इस बारे में सरकार को कुछ काम करना चाहिए।"

"हाँ करना तो चाहिए पर फिर भी दिल्ली का पॉल्यूशन कम कर पाना आसान काम नहीं है और यहाँ सिटी के हिसाब से बहुत ज्यादा गाड़ियाँ हैं। इसीलिए सरकार के लिए भी पॉल्यूशन एक सिरदर्द है।"

हम टहलते हुए अब अशोक स्तंभ के पास पहुँच गए। मैंने प्रिया से कहा, "तुम अशोक स्तंभ के पास खड़ी हो जाओ।" मैंने उसकी फोटो ली। फिर हम

वहाँ से चल दिए। मैंने कहा, "तुम भी मेरी फोटो ले सकती हो।"

"मुझे फोटो की जरूरत नहीं। तुम्हें तो मैंने अपने दिमाग में फिट कर लिया है। मेरे मन में तुम्हारी फोटो है।" फिर हम एक पार्क में बैठ गए।

मैंने प्रिया से कहा, "तुम नहीं जानती हो प्रिया मुझे तुमसे अट्रैक्शन हो गया है। मैं शायद तुम्हें प्यार करने लगा हूँ।" तो वह हँसने लगी और बोली, "बस ये फॉरमैलिटी रहने दो।" मैंने कहा, "ठीक है।" कुछ देर चुप रहने के बाद मैंने उससे कहा, "क्या तुम्हें मुझसे अट्रैक्शन हुआ?" तो वह फिर से मुस्कुराई और उसने कोई जवाब नहीं दिया और कहा, "यहाँ पर एक घड़ी भी है, मुझे देखनी है।"

मैंने उसे फिर से कहा, "तुम मेरे बारे में क्या सोचती हो?" पर जवाब अब भी मुझे नहीं मिला। उसने कहा, "चलो घड़ी दिखाओ।" फिर वहाँ से हम घड़ी देखने चल दिए। ये घड़ी वहाँ से कुछ दूरी पर थी, जहाँ पर एक संगमरमर से गोल-सी घड़ी बनी थी। साथ में उस पर संगमरमर का छोटा-सा पत्थर घड़ी पर खड़ा था। जिसकी छाया से घड़ी का समय देखा जा सकता था।

मैंने प्रिया से कहा, "जानती हो, मैंने इस घड़ी को सैकड़ों बार देखा है, पर समय देखना मुझे कभी नहीं आया।" तो वह हँसने लगी और हम उस घड़ी के पास खड़े हो गए। मैंने फिर प्रिया की एक फोटो घड़ी के पास ली। अभी तक एक घंटा बीत गया था। मैंने कहा, "तुम्हें यहाँ और क्या देखना है?"

उसने कहा, "चलो पार्क में बैठ जाते हैं।" फिर हम वहीं बैठ गए।

कुछ देर हम चुप बैठे रहे तो मैंने प्रिया से कहा, "तुम्हारे चेहरे से तुम बहुत हँसमुख लगती हो। पर अक्सर तुम इतने तनाव में क्यों हो जाती हो?" तो उसका तनाव और बढ़ गया तो मैंने कहा, "क्या बात है, तुम इतने तनाव में कैसे हो गई हो?" तो पहले तो उसने कोई जवाब नहीं दिया। मैंने फिर से कहा, "प्रिया, क्या बात है, तुम इतने तनाव में क्यो हो?" तो वह न चाहते हुए भी पहले मुस्कुराई फिर बोली, "बात ज्यादा सीरियस तो नहीं है। पर आज से कोई पंद्रह साल पहले की बात है। जब मैं चार-पाँच साल की थी...।" वह चुप हो गई। मैंने कहा, "क्या बात है जो तुम मुझे इस बारे में बताना नहीं चाहती?" तो वह फिर से मुस्कुराई और बोली, "तुम्हें ये बात नहीं बताऊँगी तो किसे बताऊँगी।" उसने कहा, "जब मैं साढ़े चार साल की थी तब की बात है। हमारे और पड़ोसियों में लड़ाई हुई

थी। पहले तो लड़ाई तू-तू मैं-मैं ही थी पर कुछ समय में नौबत हाथापाई में आ गई। मेरे चाचा और ताऊजी के साथ मेरे पापा भी उनसे हाथापाई करने लगे। वे लोग भी कई थे और हम भी कई थे। लड़ाई इतनी बढ़ गई थी कि हम चारों भाई-बहन के साथ हमारे कजन भी रोने लगे थे। तभी मेरे पापा अंदर घर में गए और एक देसी बंदूक उठा लाए जिससे उन्होंने एक फायर कर दिया। ये फायर पड़ोसियों को डराने के लिए पापा ने किया था। पर फायर जाकर पड़ोसियों की भैंस को लगी और भैंस मर गई। मेरे सारे पड़ोसी वहाँ से गोली की आवाज से भाग गए और हमारे पापा, चाचा और ताऊ लोग भी अपने घर चले गए। पर शाम को पुलिस आई और मेरे पापा को पकड़ के ले गई। फिर पापा जमानत पर रिहा हो गए। पर एक साल बाद पापा को भैंस मारने पर पाँच साल की कैद हो गई। मेरे घर को चलाने के लिए पापा ही थे। जिससे हमारी भूखों मरने की नौबत आ गई। इसीलिए मेरी मम्मी तीनों भाई-बहनों को लेकर मामा के घर चली गई। पर उन्होंने मुझे ताऊ के पास ही छोड़ दिया।" प्रिया रोने लगी। मैंने कहा, "फिर क्या हुआ?" तो वह अपने आँसू पोछते हुए बोली, "मेरी ताई मुझे नहीं रखना चाहती थी, वह मुझे बहुत कोसती थी पर उन्होंने ताऊ के डर से कभी मुझे घर से नहीं निकाला। पहले तो ताई जी गाली ही देती थी, पर फिर उन्होंने मुझे मारना-पीटना भी शुरू कर दिया। वह मुझे छोटी-छोटी बातों पर मारती थी। फिर उन्होंने मुझे डंडों से भी पीटना शुरू कर दिया। ताई जी के बच्चे मेरे हमदर्द थे, पर वे कुछ कर नहीं सकते थे। ताई जी मुझे बोझ ही समझती थी।"

"पर तेरी माँ तुझे ही छोड़कर मामा के घर क्यों गई?"

"क्योंकि वह मामा पर ज्यादा बोझ नहीं डालना चाहती थी। इसीलिए ही, मेरी ताई ने मुझसे छोटी-सी उम्र में ही बर्तन धुलवाना, झाड़ू लगवाना शुरू कर दिया।"

"तुम्हारी ताई तो डायन थी।"

"हाँ यही समझ लो। वह मेरे से हर वह काम करवाती थी जिसकी मेरी उम्र नहीं थी, पर मेरी माँ पाँच साल में भी मेरा हाल पूछने नहीं आई।"

"मेरे मन में ताई के साथ मेरी माँ, भाई, बहन के लिए अभी तक गुस्सा है। मेरे पापा की सरकारी नौकरी थी पर वह भी जा चुकी थी। ताऊ मुझे बहुत अच्छे लगते हैं। वह मुझे प्यार करते थे, पर ताई पूरी डायन थी। मैं रोज स्कूल जाती थी।

घर पर भी समय मिलता तो पढ़ती थी। यह बात मुझे अभी तक उदास कर देती है। पाँच साल बाद मेरे पापा रिहा हो गए। पर आज भी मैं अपने घर के सभी लोगों से नफरत करती हूँ। इस कुंठा और दर्द के कारण मैं आज भी उदास रहती हूँ।"

"पर अब तो ये सब हुए सालों हो गए हैं। अब क्यों उदास रहती हो तुम?"

"पता नहीं ये उदासी मेरे मन में घर कर चुकी है।"

"तो तुम्हें किसी साइकेट्रिस्ट से मिलना चाहिए। इस उदासी से तुम्हें वही निजात दिला सकता है।"

"मैं जानती हूँ। पर मेरे अंदर अब ये सब रच-बस गया है। मैं डॉक्टर के पास अब जाना नहीं चाहती।"

"क्या तेरी ताई जी को तेरे साथ किए बर्ताव के लिए कोई पछतावा नहीं है?"

"नहीं ऐसा तो नहीं है, अब वह मर चुकी है। उन्हें मरे भी चार साल हो गए हैं। उन्हें कैंसर हो गया था, पर मरने से पहले उन्होंने मुझसे चुपके से अपने व्यवहार के लिए माफी माँगी थी।"

"क्या तुमने उन्हें माफ कर दिया?"

"हाँ मैं अब उनसे उतनी नफरत नहीं करती हूँ। पर मेरे मन में मेरे परिवार के लिए अभी तक कुंठा बची है। शायद ये कुंठा मेरे साथ ही जाए।" और वह मुस्कुरा दी, पर मैं अभी भी गंभीर था।

"क्या तुमने यह बात अपने घर वालों को या किसी दोस्त को बताई है?"

"नहीं, अभी तक सिर्फ यह बात तुम्हें ही बताई है। मुझे लगा तुम्हें यह बात बताकर कुछ हल्का महसूस करूँगी।" मैं खुश हो गया।

"तो तेरे इतनी सुंदर होने पर भी तेरी ताई को तुझ पर कभी दया नहीं आई?"

"ऐसा नहीं है, तुम जानते हो कि एक परिवार को चलाने के लिए घर के माँ-बाप को कितनी मेहनत करनी पड़ती है और बाहर के बच्चों को भी पालना पड़े तो मुसीबत और बढ़ जाती है, शायद इसीलिए ही मेरी ताई मुझ पर गुस्सा निकालती थी। पर उन्होंने मुझसे माफी भी तो माँगी थी। इसीलिए ताई पर मुझे गुस्सा नहीं है। पर मेरी माँ तो मेरी सगी थी। वह तो पाँच साल तक मेरी कोई सुध तक नहीं लेने आई। मैं अपनी माँ को उनसे ज्यादा कसूरवार समझती हूँ। क्या वह मुझे महीने-दो-महीने में चिट्ठी नहीं लिख सकती थी?"

"तुम्हारी बात में प्वाइंट तो है, वह ऐसा कर सकती थी। खैर छोड़ो इन अतीत की बातों को। तुम ये सब अब भूल जाओ और अपनी पढ़ाई पर फोकस करो।" "कर तो सकती हूँ पर आज भी इन सब चीजों के बारे में सोचकर मैं बहुत उदास हो जाती हूँ। मैं ये सब अपनी माँ से भी नहीं बता पाई पर एक दिन उन्हें उनकी गलती का अहसास जरूर होगा।"

"क्या तुम उनका बुरा चाहती हो?"

"नहीं ऐसा तो नहीं है पर ये दर्द अब नासूर बन गया है। तुम्हें ये सब बताकर मुझे बहुत राहत मिली है। सुनने के लिए धन्यवाद!"

"अरे इसमें धन्यवाद कैसा, मैं तो तुम्हारी बातें सुनकर खुश हूँ जो तुमने मुझे ये बताया। मैं तुम्हारे कितना करीब आ गया हूँ।" अभी तक दोपहर हो गई थी प्रिया ने वापस घर जाने को कहा, तो मैंने कहा कि कुछ खाकर वापस घर चलते हैं। हम कुतुब मीनार के गेट से बाहर आ गए और मेरे स्कूल के पास बने रस्टोरेंट में गए। जहाँ हमने छोले भठूरे खाए। मैंने प्रिया को बाहर से स्कूल दिखाया और उसे बताया कि कैसे मैं इस स्कूल में पढ़ता था। मैंने उसे वह मैदान भी दिखाया जहाँ दहशरे पर रावण दहन किया जाता है। फिर हम वापस मुनिरका आ गए। मैं यह सोचते हुए घर पहुँचा कि क्या खास दिन था आज का।

रात ग्यारह बजे मैं किराएदारों का पानी भरने ऊपर गया तो देखा प्रिया का भाई ऊपर था। मैंने पानी भरने के लिए पानी चार टंकियों में खोल दिया और प्रिया के भाई के पास खड़ा हो गया। प्रिया के भाई विजय ने मुझसे से हाथ मिलाया, उससे मैंने कहा, "तुम्हारी बहन वापस हरिद्धार जा रही है।"

"हाँ भाईया जा रही है, आपको किसने बताया?"

"वह कुछ लड़कियाँ से बातें कर रही थी। क्या अब वह नहीं पढ़ेगी?"

"नहीं, वह कोरेस्पोंडेंस से आगे की पढ़ाई जारी रखेगी।"

"पर जब उसका कॉलेज है तो आगे कोरेस्पोंडेंस से क्यों?"

"भईया, हमारे पापा नहीं मान रहे हैं इसीलिए, वे चाहते हैं कि प्रिया हरिद्धार में ही पढ़े और अब मेरी बीवी भी यहाँ आ रही है, इसीलिए।"

"पर तुमने तो दो कमरे का फ्लैट ले रखा है। एक कमरे में प्रिया रह सकती है।"

"पर भईया इतना खर्च पापा नहीं उठा पा रहे थे इसीलिए भी शायद पापा ने उसे बुलाया हो।"

"पर घर का किराया तो वही रहेगा।"

"ऐसी बात नहीं है उसे अपने कॉलेज के लिए आने-जाने के साथ और भी खर्च करने होते हैं।"

"पर उसकी पढ़ाई का क्या होगा?"

"मैं जानता हूँ वह बहुत मेधावी लड़की है, घर से भी पढ़ ही लेगी।"

"ठीक है, जैसी तुम्हारे पापा की मर्जी।"

मैं फिर पानी देखने लगा। उसका भाई भी कुछ देर में चला गया। कोई एक बजे जब पूरी छत खाली हो गई तो प्रिया छत पर आई। उसके हाथ में दो कप थे। जिसमें कॉफी थी। "लो तुम्हारे लिए कड़क कॉफी।"

मैंने उसे धन्यवाद कहा, और अपनी कुर्सी पर बैठ गया। मैंने उससे पूछा, "तुम कब तक हरिद्वार चली जाओगी?"

"परसो मैं भाई के साथ बस से हरिद्वार जाऊँगी, पर तुम उदास मत होना, मैं फोन करती रहूँगी।"

"जानती हो प्रिया, जब मैं छोटा था तो हम बहुत पैसे वाले समझे जाते थे। हमारा एक भट्टा भी था। मेरे चाचा और हम साथ रहते थे। लोग हमें बहुत मान और प्यार भी देते थे। पर कुछ समय बाद मेरे दादाजी ने हमें अलग कर दिया। पर हमें एक भी पैसा नहीं दिया। उन्होंने सारे पैसे जो उनके पास थे चाचा को दे दिए। हम फिर अलग हो गए थे। पर जैसे ही हमारा पैसा गया लोगों ने हमें मान-सम्मान देना बंद कर दिया। तब मेरी समझ में ये बात नहीं आई थी की लोगों का व्यवहार हमारे लिए क्यों बदल गया था। मैं इंग्लिश मीडियम स्कूल में पढ़ता था जिसकी फीस बहुत ज्यादा थी। मेरी सबसे पहली कुर्बानी प्राइवेट स्कूल छोड़कर हुई। मुझे एक नगर निगम के स्कूल में डाल दिया गया। धीरे-धीरे हमारी जिंदगी गरीबी की तरफ बढ़ गई। मेरे कपड़े से लेकर स्कूल, खिलौने सब गायब हो गए। जैसे-जैसे मैं बड़ा हुआ तब मेरी समझ में आया कि पैसे जाते ही इस दुनिया में मान-सम्मान से लेकर सब कुछ गायब हो जाता है। मैंने तभी सोच लिया था कि मैं बड़ा होकर बहुत से पैसे कमाऊँगा और ऐसा किया भी। जानती हो, मैंने एक सपना देखा है, मैं साल में एक करोड़ रुपए कमाने लग जाऊँगा और करोड़पति बन जाऊँगा।

सच में पैसे में बहुत पॉवर होती है। ये जिंदगी में असली रंग भर देता है।"

"तुम्हारा क्या सपना है?" मैंने प्रिया से पूछा तो पहले तो वह मुस्कुराई फिर कहा, "मैं तो एक टीचर बनना चाहती हूँ। वह भी मेहनत से, मेरा पैसे से ज्यादा मोह नहीं है। पर मैं इतना कमाना चाहती हूँ जिससे मैं एक अच्छी जिंदगी जी सकूँ। बस जब में बीए कर लूँगी, उसके बाद बीएड करूँगी, पर मैं सिफारिश से जॉब नहीं चाहती हूँ। ये सब मैं अपनी मेहनत से टेस्ट पेपर क्लियर करके करूँगी। मैं बच्चों को अच्छी शिक्षा देना चाहती हूँ।"

"मैं जानता हूँ तुम ये कर सकती हो।" मैंने कहा, "पर तुम ने कभी नहीं बताया तुम किससे शादी करोगी?" तो वह हँसने लगी और बोली, "तुमसे तो नहीं क्योंकि तुम शादीशुदा हो।" मैं भी हँसने लगा। पर वह सीरियस हो गई और बोली, "मेरे पापा मेरे सपने के सच होने से पहले ही शायद मेरी शादी न कर दें! मुझे इसका डर है।"

"तो क्या हुआ, तुम शादी के बाद अपना टीचर बनने का सपना पूर कर सकती हो।"

"कर तो सकती हूँ पर हमारे वहाँ के लड़के दिल्ली वालों जैसे नहीं हैं। वे अपनी पत्नी से जॉब करवाना पसंद नहीं करते हैं। वे चाहते हैं कि बीवी घर पर रहे। वे सोचते हैं कि ये काम मर्दों के हैं। लड़कियाँ तो उनकी जूती होती हैं। इसीलिए मैं शादी से पहले ही पढ़ाई पूरी कर के टीचर बन जाना चाहती हूँ।"

"तुम सही कह रही हो, तुम्हें पढ़ाई के बाद ही शादी करनी चाहिए। नहीं तो तुम चारदिवारी में कैद हो सकती हो। क्या तुम्हारी शादी में तुम्हारी मर्जी नहीं चलेगी?"

"बिलकुल नहीं चल सकती। हमारे यहाँ लड़कियों को भेड़ की तरह किसी को भी सौंप दिया जाता है। हमारी क्या जुर्रत जो हम ना-नुकुर करें। मैं कल तुमसे रात को मिलने नहीं आ सकती हूँ।"

मैंने कहा, "पर क्यों नहीं?"

"क्योंकि मैं कोई लफड़ा नहीं चाहती जाने से पहले, नहीं तो मेरा भाई घर पर बता सकता है कि मैं किसी लड़के से रात में मिलने जाती थी और मेरे घर पर ये सब अच्छा नहीं माना जाता है। इससे घर पर मेरे ऊपर पाबंदियाँ लग जाएँगी।"

"फिर तो ठीक है, मैं भी नहीं चाहता कि तुम हरिद्वार से फोन भी न कर

पाओ।"

"तुम बहुत समझदार हो।" एक शरारत भरी हँसी उसके चेहरे पर तैर गई और मैं मूक दर्शक की तरह उसे देखता रहा। अभी तक रात के तीन बज चुके थे। मैंने प्रिया से कहा, "क्या जाने से पहले किस दे सकती हो?" तो वह फिर से हँसने लगी और कोई दो मिनट हँसती रही। मैंने उसे कई बार कहा, "तुम्हारी हँसी की वजह से कोई छत पर आ सकता है।" पर वह हँसती रही फिर वह चुप हो गई, मैंने उससे पूछा, "तुम हँस क्यों रही थी?"

वह बोली, "तुम कैसे लड़के हो, जो किस लेने के लिए भी पूछ रहे हो। आशिक तो हाथ पकड़कर सीधा लड़की को किस कर लेते हैं।" मैं सकते में आ गया और बोला, "मैं ऐसा कैसे कर सकता हूँ?" तो वह फिर से हँसी। मैंने उसका सीधा हाथ पकड़ा और हाथ को चूमा तो वह बोली, "बस यही करना था?"

मैंने कहा, "बस यही।"

वह मेरे पास से उठ खड़ी हुई और दूसरे कप को ढूँढ़ने लगी। उसने कहा, "मैं जाती हूँ।" मैंने उससे पूछा, "क्या तुम अब भी रात को पढ़ाई करती हो?"

"नहीं अब घर पर पढ़ूँगी, अब जा रही हूँ और कल नहीं मिलूँगी, याद रखना।" मैंने कहा, "ठीक है, जाओ।" और वह दूर होते हुए जीने की तरफ बढ़ गई। मैंने उसे दूर से कहा, "एक मिनट रुको।" तो वह रुक गई। मैं धीरे-धीरे अपनी साँसों को थामे उसके पास आया और उसके दोनों हाथ पकड़कर उसे एक किस किया। वह ये समझ नहीं पाई उसके हाथ बिलकुल ठंडे हो गए। फिर उसने भी मेरे माथे को चूमा और वह बोली, "अब मैं जाती हूँ।"

मैंने कहा, "ठीक है।" सीढ़ियों से उतरते हुए भी वह पलट-पलट कर मुझे देखती रही, फिर वह चली गई। मैं मुड़ा और तब तक मेरा पानी भर चुका था। मैंने रहीम से फोन पर कहा, "पानी भर गया।" तो उसने मोटर बंद कर दी। मैं कुछ देर छत पर रुका और सोचा अब वह साल भर बाद मिलेगी। उसके साथ बिताए उन आखिरी पलों को याद करता हुआ घर की तरफ बढ़ गया।

प्रिया को हरिद्वार गए हुए एक हफ्ता हो गया था। मैं राज के साइबर कैफे में बैठा था। राज ने कहा, 'राघव, तुम इतने उदास कब तक रहोगे, वह जा चुकी

है। तुम किसी और लड़की को प्रपोज कर सकते हो। तुम्हारे पीजी या मुनिरका में बहुत-सी लड़कियाँ तुम्हें मिल सकती हैं।"

"हाँ मिल तो सकती हैं, पर उस जैसी नहीं मिल सकती है।"

"क्यों नहीं मिल सकती है, यहाँ पर कितनी सारी सुंदर लड़कियाँ हैं।"

"पर प्यार तो उनसे नहीं है, तो मिल भी जाने से क्या फायदा।"

"अच्छा तुम एक काम करो, तुम आज बियर पियो, समझो उदासी गायब।"

"सच में ऐसा हो सकता है कि बियर से मैं उसे भूल जाऊँ?"

"हाँ, सच में ये कमाल की दवाई है। इससे तुम्हें आराम मिलेगा।" राज ने कहा।

"तो ठीक है, आज बियर पीते हैं।" राज ने अपने यहाँ काम करने वाले लड़के को तीन बियर लाने को कहा। वह आधे घंटे में तीन बियर लेकर आ गया। फिर रात दस बजे उसने दुकान का शटर गिरा दिया। हम दुकान पर बियर पीने लगे। मैंने बियर के दो गिलास पीने के बाद राज से कहा - "राज, वह पूरी अप्सरा लगती थी। कितनी सुंदर थी वो! और उसके मन में पता नहीं अपने परिवार के लिए कितना जहर भरा था।"

"पर अपने परिवार के लिए उसमें ये जहर क्यों भरा था?"

"उसके पापा से एक भैंस मर गई थी, जिससे उसके पापा जेल चले गए, पूरे पाँच साल बाद ही छूटे। जब उसका बाप जेल में था तो उसकी माँ उसे छोड़कर सभी भाई-बहनों को लेकर अपने पीहर में चली गई थी।"

"पर क्यों?" राज ने कहा।

"घर चलाने के उनके पास पैसे नहीं थे, इसलिए।"

"पर उसकी माँ उसे ही छोड़कर क्यों चली गई?"

"वह कह रही थी कि उसकी माँ मामा पर पैसे का ज्यादा बोझ नहीं डालना चाहती थी, इसलिए।"

"तो वह किसके पास पाँच साल रही?" राज ने उत्सुकता से पूछा।

"अपने ताऊ के घर पर रही थी। पर ताई उसे पीटती थी। उस पर बहुत जुल्म करती थी। इतनी सुंदर लड़की पर।"

"फिर क्या हुआ?" राज ने पूछा।

"फिर क्या, उसका पापा जेल काटकर आया तब वह ताई के जुल्मों से बची

और इसीलिए अभी तक उसे अपने परिवार से नफरत है। वह अक्सर इसीलिए उदास रहती है।"

"तो इसीलिए प्रिया गुम-सुम रहती है। मुझे लगता है इसलिए उसे तुमसे इतना प्यार हो गया होगा। नहीं तो तेरे जैसे शादीशुदा से लड़की नहीं पट सकती।" राज ने हँसते हुए कहा।

मैंने कहा, "ठीक है। उड़ा लो मजाक, पर एक गिलास बियर और मुझे दो।" तो राज ने एक गिलास बियर का भर दिया। मैं उसे एक साँस में चढ़ा गया। फिर राज से कहा, "अच्छा अब मैं चलता हूँ।"

"तू सही कहता था शराब में बहुत पावर है। मुझे पीने के बाद हल्का महसूस हो रहा है।"

राज ने कहा, "कहा था ना कि आराम मिलेगा।"

रात बारह बजे में घर पहुँचा। रितु ने कहा, "इतनी रात को कहाँ थे?" मैंने कुछ नहीं कहा, और बिस्तर पर लेट गया।

तभी रितु ने कहा, "जानते हो, मैं माँ बनने वाली हूँ।" मैंने कहा, "क्या?" तो उसने कहा, "हाँ, सच में।"

"फिर तो डॉक्टर के पास जाना होगा। क्या तुमने गर्भ निरोधक गोली नहीं ली?"

"अरे, इस बच्चे के लिए गोली की जरूरत नहीं है।"

"तो क्या तीसरा बच्चा बनाना है? तुम कल डॉक्टर के पास चलना। बच्चा कितने महीने का है?"

"चुप करो, इस बार लड़का ही होगा।"

"तू पागल हो गई है।" लेटे हुए रितु ने मेरे ऊपर हाथ रखकर कहा, "हाँ मुझे ये बच्चा चाहिए।"

"पर क्यों चाहिए, दो लड़की क्या कम हैं जो और चाहिए?"

"हाँ एक लड़का भी होना जरूरी है।"

"तू पागल हो गई है क्या? कल मेरे साथ डॉक्टर के पास चलना।"

"नहीं जाऊँगी, जो हो जाए।"

"इस बच्चे का क्या करोगी जब दो लड़की हैं?"

"नहीं मुझे लड़का चाहिए।"

"नहीं तुम मेरे साथ कल डॉक्टर के पास चलना और कितने महीने का बच्चा है ?"

वह बोली, "मुझे बच्चा चाहिए।"

"नहीं ऐसा नहीं हो सकता और लड़के और लड़की में क्या फर्क है ?" मैंने आवाज तेज करते हुए कहा, तो रितु रोने लगी और बोली, "लड़का तुम्हारा वंश चलाएगा।"

"नहीं मुझे वंश नहीं चलाना, ऐसे वंश का क्या फायदा जो मेरा जीना दूभर कर दे और जिनका वंश लड़का चला रहा है, उसके सर पर क्या झंडा बँध गया ? बीस-तीस साल बाद सब भूल जाते हैं, वंश किस ने चलाया, समझी। बेवकूफी में एक और बच्चा हमारी जिंदगी में आग लगा देगा।"

पर वह गिड़गिड़ाते हुए बोली, "बस एक और बच्चे के होने पर क्या फर्क पड़ जाएगा ?"

"फर्क क्यों नहीं पड़ेगा ? तुम्हें लड़का चाहिए, अगर लड़की हुई तो क्या होगा ? ये भी समझो। आजकल तीन बच्चे कौन करता है। हम दोनों बेवकूफ कहलाएँगे, लोग हँसेंगे अलग।"

"नहीं मुझे बच्चा चाहिए ही। मैं जानती हूँ, इस बार लड़का ही होगा।"

"नहीं, मुझे नहीं चाहिए। और तुमने नहीं बताया बच्चा कितने महीने का है ?" "तीन महीने का हो गया है।"

"तुमने अब मुझे बताया ? रितु समझो और बच्चा नहीं रख सकते हैं। जानती नहीं, समीक्षा की फीस और छवि की फीस आठ-आठ हजार है। अगर एक और बच्चा होगा तो चौबीस हजार तो महीने के फीस के ही उड़ जाएँगे। स्कूल के साथ छवि की ट्यूशन फीस के भी छह हजार हो जाते हैं। अगर समीक्षा के छह हजार जोड़ो और होने वाले के भी तो पचास हजार तो हमें बच्चों की पढ़ाई के ही खर्च करने होंगे। साथ में कपड़े-खिलौने और सभी को जोड़ेंगे तो अस्सी से नब्बे हजार हमारा ही खर्च हो जाएगा।" रितु ने ये सब बड़े ही ध्यान से सुना। मुझे लगा कि वह मान जाएगी।

तभी वह बोली, "ये दोनों लड़कियाँ तो शादी करके अपने घर चली जाएँगी। हमारे पास नहीं रहेंगी। तो क्या करेंगे बुढ़ापे में ? हमारी देखभाल के लिए तो कोई चाहिए ?" पर मैंने कहा, "नहीं मुझे बच्चा नहीं चाहिए। तुम कुछ भी कह लो कल

डॉक्टर के पास चलना। नहीं तो मुझसे बुरा कोई नहीं होगा।"

रितु बिस्तर के एक तरफ लेट गई। तभी मोबाइल की घंटी बजी। फोन प्रिया का था। मैं तेजी से मोबाइल लेकर बाथरूम में चला गया। बाथरूम में घुसकर दरवाजा बंद करके मैंने फोन उठाया। मैंने प्रिया से "हेलो" कहा। तो प्रिया बोली, "तुम फोन करो।" तो मैंने फोन काटकर प्रिया के नंबर पर फोन किया। रात के बारह से भी ज्यादा समय हो गया था। उसने फोन उठाया, मैंने कहा, "कैसी हो?"

"मैं तो ठीक हूँ, तुम कैसे हो?"

"मैं तो नशे में हूँ। मैंने डेढ़ बियर पी रखी है। तुम्हारी पढ़ाई कैसी चल रही है?"

"बस ठीक चल रही है। और बताओ हफ्ता भर कैसे गुजारा?"

"बस तुम्हारी याद आ रही थी।"

"तो याद भुलाने के लिए बियर पी है तुमने?"

"नहीं ऐसा तो नहीं है। सच पूछो तो शायद ऐसा ही है। मैं तुम्हें बाहों में लेना चाहता हूँ आ जाओ यहाँ भगवान के लिए।"

"नहीं आ सकती हूँ, फोन भी कभी-कभी ही कर सकती हूँ।"

"तुमने हफ्ते भर बाद फोन किया है, मेरा तो कलेजा मुँह को आ रहा था।"

"मैंने सोचा कि अभी तो दिल्ली से लौटी हूँ। तो कुछ टाइम बाद फोन करती हूँ।"

"पर मैंने रोज फोन करने को कहा था।"

"याद है पर क्या करती। ये दिल्ली नहीं है, मेरा गाँव है, यहाँ तो फोन रिचार्ज भी दूर दुकानों पर होता है।"

"कहो तो मैं रिचार्ज करवा देता।"

"हाँ ठीक है, अगली बार करवा देना। और बताओ अब पानी भरने ऊपर नहीं जाते?"

"जाता तो हूँ, पर आज नहीं गया। अब रात को पानी भरने की ज्यादा जरूरत नहीं रहती है, अब ठंड आनी जो शुरू हो गई है। क्या तुम दिल्ली नहीं आ सकती हो? मेरा मन नहीं लग रहा है। मैं तेरे प्यार में देवदास हो गया हूँ। बहुत बुरा हाल है, बस एक दिन के लिए आ जाओ।"

"नहीं आ सकती हूँ। नहीं तो आ जाती। और तुम्हारे बीवी-बच्चों का क्या हाल है?"

"सब कुछ ठीक है। तुम्हारे जाने के बाद से मेरा मन अब घर पर नहीं लगता है।"

"मेरा भी मन है कि तुमसे मिलने दिल्ली चली आऊँ, पर क्या करूँ मजबूर हूँ। ऐसा करो जब भी मेरी याद आए मुझे व्हॉट्सएप कर दिया करो।"

"ठीक है, पर तुम रिप्लाई जरूर देना।"

"ठीक है।"

"जानती हो, तुम्हारे जाने से मैं कितना परेशान हूँ?"

"कितना हो?"

"मैं कोई चार दिन से नहाया नहीं हूँ। ब्रश किए हुए भी छह दिन हो गए हैं। खाना आधा हो गया है। हर वक्त फोन देखता रहता हूँ कि तुम्हारा फोन आ जाए। मेरी दाढ़ी भी बढ़ गई है।"

"ऐसा भी क्या है मुझ में जो ये हाल है तुम्हारा?"

"पता नहीं मेरा मन नहीं लगता किसी भी काम में, बस एक उदासी-सी है मन में।"

"तो तुम हरिद्वार आ जाओ मिलने।"

"पर कैसे आ जाऊँ?"

"तुम घूमने आ सकते हो यहाँ पर।"

"ऐसा तो मैंने सोचा नहीं था। तुम कह तो सही रही हो। क्या तुम अपने गाँव से हरिद्वार आ सकती हो?

"हाँ क्यों नहीं आ सकती। पर तुम्हारी बीवी मेरे आने से बुरा तो नहीं मान जाएगी?"

"नहीं, मैं अपने दोस्तों के साथ आऊँगा। मैं जल्दी ही इस बारे में अपने दोस्तों के साथ प्लान बनाऊँगा।"

"अच्छा अब रखती हूँ, काफी देर हो गई है।"

"पर मुझे तुमसे बात करनी है।"

"नहीं, मैं घर के बाहर से बात कर रही हूँ। मम्मी जाग गई तो लफड़ा हो जाएगा।"

"ठीक है, पर कल देर तक बात करना।"

"ठीक है कल सात बजे फोन करूँगी, ओके बाय।" और उसने फोन काट दिया।

दस

मैं अपने कमरे में आ गया तो देखा कमरे में रितु अभी भी रो रही थी। मैंने उसे चुप कराने की कोशिश नहीं की और बिस्तर पर लेट गया। जानता था अगर उससे चुप होने के लिए मैंने कहा तो एक और बच्चे का बाप बनने को वह मजबूर करेगी। तभी वह बोली, "बिन लड़के के समाज में रहना तुम्हें बुढ़ापे में दुख देगा। तुम भी तो लड़के हो, एक और लड़का हमारा भविष्य संवार देगा। बिन लड़के के इस दुनिया में कुछ नहीं। साथ में हमारा वंश भी चल जाएगा।"

"किस किताब में लिखा है कि लड़का ही वंश चलाता है? लड़की भी वंश चला सकती है।"

"सारी दुनिया तो लड़के को वंश चलाने वाली मानती है, लड़की से किसका वंश चला है?"

"अरे ताजमहल बनाने वालों का वंश किसने चलाया? कौन याद रखता है? उनसे पूछो उनका वंशी है कोई? लोग मर जाते हैं कौन पूछता है। सारे भारत में इतने लोग हैं कोई जानता है कि किस के कौन पूर्वज थे। सब समय बीत जाने पर भूल जाते हैं।"

"पर लड़के वाले माँ-बाप को ही मरने के बाद स्वर्ग की सीढ़ी मिलती है। बड़े-बूढ़े भी कहते हैं।"

"तो मुझे स्वर्ग नहीं जाना। उन बूढ़ों की ऐसी की तैसी। और सुन उनके बारे में, जो जिंदगी में बुरा नहीं करते उन्हें कभी नरक नहीं जाना पड़ता।"

"पर लड़की से घर-बार नहीं चलता है। तुम्हारी मम्मी अगर तुमको पैदा नहीं करती तो क्या होता? ये दुनिया की रीति है, लड़के ही कमाते हैं।"

"ऐसा कुछ नहीं है। लड़के की जगह लड़की भी घर चला सकती है। ये सब तो लड़कों ने अपनी प्रभुसत्ता दुनिया में फैला रखी है।"

"पर जिंदगी की यही सच्चाई है। लड़की घर का काम करती है, लड़के बाहर का काम करते हैं। वे ही लड़कियों की सुरक्षा भी करते हैं।"

"लड़कों को भगवान ने चार हाथ चार पाँव दे रखे हैं, जो वे ही बाहर का काम करेंगे? लड़की को कम करके आँकना क्या गलत नहीं है?"

"ऐसा ही है, लड़की लड़कों से कम ही होती है।"

"मैं ऐसा नहीं मानता। जिस देश में दुनिया की पहली महिला प्रधानमंत्री बनी हो, वहाँ की औरतें ऐसा सोचें तो डूब मरें पानी में। लड़कियों को भी इंदिरा गाँधी की तरह आजादी, पढ़ाई, लिखाई साथ में पावर मिले तो वे भी लड़कों से ऊपर ही काम कर सकती हैं। तुम भी लड़की हो क्या तुम अपने को मुझसे या अपने भाईयों से कम मानती हो?"

"हाँ मानती हूँ। ये समाज ऐसा ही है। बिन लड़के के माँ-बाप अपने बुढ़ापे में किसके सहारे आखिरी दिन काटेंगे?"

"मैं कुछ नहीं जानता, तुम कल डॉक्टर के पास मेरे साथ चलोगी। मुझे बुढ़ापे की कोई परवाह नहीं है, समझ लो।" और मैं एक तरफ मुँह कर के लेट गया और सोचने लगा कि आज ही प्रिया का फोन आया और रितु ने सारा मजा किरकिरा कर दिया। मैंने तब नहीं सोचा था कि एक और बच्चा मेरी जिंदगी में आएगा। मैं तो सोच रहा था कि इस बहस के बाद रितु हथियार डाल देगी, पर ऐसा नहीं हुआ। कई बार आप अपनी जिंदगी के फैसले खुद नहीं कर सकते, ये समाज अपने तरीके से आपकी जिंदगी के फैसले करता है। मैं तन और मन से लड़कियों को कम नहीं मानता पर ये समाज की अपनी सोच है। जिसे ये समाज आप पर थोप देता है। मेरा तो मानना है कि लड़कियों को अगर अवसर दे तो वे आज भी झाँसी की रानी लक्ष्मीबाई बन सकती हैं। पर ये समाज इन लड़कियों को अवसर ही देना नहीं चाहता। मैं जानता हूँ, मेरी लड़कियाँ भी कल की इंदिरा गाँधी बन सकती हैं। बस उन्हें हम अवसर दें। ये समाज कोशिश तो करे, समाज कब तक इस कुरीति को ऐसे ही ढोता रहेगा। मैं अपनी बेटियों को इंदिरा गाँधी के साथ बराबरी तो नहीं करना चाहता पर ये भी जानता हूँ मेरी बेटियाँ किसी भी लड़के से कम नहीं हो सकती हैं।

ग्यारह

जब मैं सोकर सुबह उठा तो मम्मी मेरे बिस्तर के पास बैठी थी। मैंने उठते ही उनसे पूछा, "क्या बात हो गई?" तो सामने देखा मेरी बीवी मुस्कुरा रही थी। मम्मी ने कहा, "ये बच्चा नहीं गिराया जाना चाहिए। तेरी मौसी के गाँव में एक हकीम है। वह गर्भवती महिलाओं को ऐसी दवाई देता है जिससे सौ फीसदी लड़का ही होता है, तू उसके पास जाकर दवाई ले आना।" मैंने अपनी माँ से कहा, "मम्मी, किस अंधविश्वास में जी रही हो, ऐसा कैसे हो सकता है कि लड़की की जगह दवाई से लड़का हो जाए?"

"उस हकीम से जो भी दवाई लेता है, उसे लड़का ही होता है। अपनी मौसी से ही पूछ लेना।" माँ ने दृढ़ता से कहा।

"पर मम्मी, मेरी जेब मुझे और बच्चे की इजाजत नहीं देती।"

"अरे एक और बच्चा इन लड़कियों के साथ पल जाएगा। कल तू अपनी मौसी के पास से लड़के होने की दवाई ले आना, समझा।"

मैंने ज्यादा विरोध नहीं किया मैं डर गया था कि समाज में शायद लड़का होना ही चाहिए। पर सोचने लगा मेरी सोच और मेरे अध्यापक ने क्या मुझे गलत पढ़ाया था। पर मेरी माँ के सामने मेरी नहीं चल सकती थी। जो बात वह ठान लेती थी वह मेरे घर में पत्थर की लकीर हो जाती थी। इसीलिए विरोध का कोई फायदा नहीं था। मैं चुप हो गया। तभी उन्होंने रितु से कहा, "आज के बाद तुम मेरे कमरे में सोना। इस लड़के का क्या भरोसा तुझे क्या पट्टी पढ़ाकर तेरा गर्भपात करवा दे।" तभी रितु ने मेरी तरफ जीभ निकालकर मुझे चिढ़ाया, तो मुझे गुस्सा आया। पर मैंने कुछ नहीं कहा, और उससे बोला, "चाय बना ले और ज्यादा बन मत।" तो उसने कहा, "अपनी चाय अपने-आप बना ले। मैं तेरी नौकरानी नहीं हूँ, बड़ा आया लड़कियों को इंदिरा गाँधी बनाने वाला।" तो मैं मुँह बनाकर फिर से बिस्तर

पर लेट गया। तभी रितु उठी और चाय बनाकर ले आई। मेरी मम्मी भी वहीं बैठी थी। रितु ने कहा, "लड़का होगा तो बड़ी-सी पार्टी करेंगे।" मम्मी ने कहा, "ठीक है, ऐसी बातें लड़का हो जाए तब ही करनी चाहिए। पहले से प्लान बनाने वालों के प्लान धरे रह जाते हैं। जानती नहीं हमारे पड़ोस में जब लड़का हुआ था और फिर बीमारी से मर गया था, उसकी माँ ने भी अपने बच्चे के लिए पहले से स्वेटर बुने थे। समझी। भगवान से बस प्रार्थना कर कि सब ठीक हो।"

मैं अपना दिवाला निकलने के बारे में सोच रहा था कि एक और बच्चा मेरी जेब का क्या हाल करेगा। मैं फिर वहाँ से बाहर हॉल की तरफ गया तो अमित अखबार पढ़ रहा था, उससे मैंने कहा, "अब हम कभी करोड़पति नहीं बन सकते।" उसने मेरी तरफ देखकर कहा, "क्या बात हो गई?"

"अरे मैं अब तीसरे बच्चे का बाप बनने वाला हूँ।" तो उसने कहा, "सच में तुझे लड़का ही होगा।" और वह हँसने लगा। मैंने उसके पास पड़ा जूता उसे मारा तो वह और भी तेज हँसने लगा। मैंने कहा, "मेरा तो दिवाला निकल गया।" तो अमित ने कहा, "तू एबॉरशन करवा दे रितु का।"

"कोई फायदा नहीं, मम्मी को पता चल गया है, वह इस बच्चे को गिराने नहीं देगी, वह तो लड़के होने वाली दवाई मँगवाना चाहती है।"

अमित और हँसा। मैंने उसकी तरफ दूसरा जूता भी उछाल दिया पर वह हँसता रहा। फिर बोला, "भाई जब तेरा बेटा होगा तो बड़ी-सी पार्टी करेंगे।"

"अरे मेरा तो दिवाला निकल रहा है, तू पार्टी की बात कर रहा है।"

"देख, बच्चा तो होकर रहेगा तो पार्टी की बात करने में क्या जाता है। इस पार्टी में हम वेज के साथ नॉन वेज भी खाने में बनवाएँगे।"

मैंने कहा, "दारू भी महँगी वाली पिलाएँगे।"

तो उसने कहा, "ठीक है।"

"मेरा तो दिवाला निकालने वाला आ रहा है, तुझे पार्टी की पड़ी है?"

"अरे इतना अशुभ मत बोल। एक नयी जिंदगी आ रही है, इसे खुशी से स्वीकार कर और एक और बच्चा होने से क्या फर्क पड़ता है जैसे दो पल रहे हैं एक और पल जाएगा, इससे निराश मत हो।" उसके ये कहने से मुझे थोड़ा सकून मिला।

बारह

शाम सात बजे प्रिया का फोन आया और उसने कहा, "क्या हाल है ?" मैंने कहा, "गुड न्यूज है, मैं एक और बच्चे का बाप बनने वाला हूँ।" तो वह हँसने लगी और काफी देर तक जब वह हँसती रही तो मैंने कहा, "तुम्हें हँसी आ रही है, मेरी जान निकलने जा रही है।" सुनकर वह फिर भी हँसती रही, तो मैंने कहा, "अगर तुम और हँसी तो मैं फोन काट दूँगा।" तो जैसे-तैसे वह चुप हो गई। मैंने उसे कहा, "ऐसे में मुझे क्या करना चाहिए। जो मेरी गुड न्यूज सुन रहा है बस हँस रहा है। बीवी और माँ को छोड़कर।" तो वह और भी हँसने लगी। तो मैंने प्रिया से कहा, "फोन काट दूँ?" तो वह बोली, "एक मिनट।" फिर वह चुप हो गई, "तुम फिर बाप बनने वाले हो, तो खुशी की बात है, तुम इतने उदासी से क्यों बोल रहे हो ?"

"इसकी एक वजह है।"

"क्या वजह है बताओ।"

"एक बार मैं मसूरी गया था, वहाँ से एक दिन मैं अपने दोस्तों के साथ केम्पटी फॉल गया था। उस झरने में हम कई घंटे नहाते रहे। फिर हम वहाँ से निकले, पास ही में एक दुकान थी, जहाँ पर मैगी बनाने वाला बैठा था। हम वहाँ मैगी खाने लगे। वहीं एक परिवार भी बैठा था। जिस परिवार में दो लड़की थी, एक लड़का था। लड़का साथ की एक दुकान में बंदूक से गुब्बारा फोड़ने जिद्द करने लगा तो उसकी माँ ने उसे पचास रुपए दिए, जिससे लड़के ने पाँच निशाने लगाए। तभी उस माँ की बेटी ने कहा कि मम्मा मुझे दस रुपए का एक निशाना लगाने दें तो माँ ने उसे दस रुपए देने की जगह एक थप्पड़ मार दिया। सब लोग देखने लगे तब मेरी समझ में आया कि लड़की होना कितने दुख की बात है। मैंने तब सोचा था कि मैं कभी अपनी बेटियों के लिए इस दुनिया में

लड़का नहीं लाऊँगा।"

"तुम कह तो सही रहे हो। सच में ये दुनिया लड़कों की है लड़कियों की नहीं है। नहीं तो अगर मैं लड़का होती तो क्या मेरे पापा मेरी पढ़ाई खटाई में पड़ने देते! पर छोड़ो मैं जानती हूँ, तुम अपनी बेटियों का उस माँ की तरह से ये हाल होता नहीं देख सकते हो।"

"पर मैं ये नहीं जानता होने वाला मेरा बच्चा लड़का ही होगा जिसकी मेरे घर में तैयारी हो रही है। मैं एक और लड़की नहीं चाहता हूँ।"

वह हँसते हुए बोली, "अच्छे लोगों के साथ अच्छा ही होता है, तुम फिक्र मत करो। नया मेहमान लड़का ही होगा। बस तुम लड़के के चक्कर में लड़कियों का हक नहीं मारना।"

मैंने कहा, "ठीक है। ऐसा ही करूँगा। मैं अपने बच्चों में लड़के या लड़की होने की वजह से कोई फर्क नहीं करूँगा।"

"तुम हरिद्वार आने को कह रहे थे, कोई प्लान बना इस बारे में?"

"इस बारे में मैंने अपने साथियों से बात नहीं की है, आज या कल में बताऊँगा।"

"आज मैं रात को फोन नहीं कर सकती हूँ, हमारे पड़ोस में एक फंक्शन है, मैं वहाँ जाऊँगी। अभी मैं फोन रखती हूँ।"

"पर इतनी जल्दी... !"

"मुझे तैयार भी होना है।"

"क्या पहनकर जा रही हो फंक्शन में?"

"एक सूट है जो अभी सिलवाया है, उसे ही पहनूँगी।"

मैंने कहा, "तुम उसे पहनकर एक फोटो मेरे पास भेज देना।"

"हाँ भेज दूँगी, अब रखती हूँ।"

और उसने फोन काट दिया। मैं भी राज की दुकान पर चला गया।

तेरह

सुबह मैं अपनी मौसी के घर गया जहाँ से उस हकीम के पास गया, जिसने लड़के होने की दवाई देनी थी। पर वह घर पर नहीं था। यह घर गुरुग्राम में था। कई घंटे इंतजार के बाद वह आया। उसने दवाई की एक पुड़िया मुझे थमा दी और कहा, "इन दवाइयों में से एक गोली रोज गाय के कच्चे दूध के साथ तीन दिन तक सुबह-सुबह लेनी है।"

मैंने कहा, "ठीक है। अगर गाय का दूध न मिले तो भैंस के दूध से इन गोलियों को ले सकते हैं?"

हकीम ने "ना" कहा। मैं फिर वहाँ से घर के लिए निकला। वहाँ से आते-आते शाम हो गई। मम्मी ने हमें डॉक्टर के पास जाने को कहा कि रितु का बच्चा कैसा है और उसका इलाज चलाया जा सके। तो शाम को डॉक्टर के पास चेकअप के लिए गया। डॉक्टर ने रितु का चेकअप और अल्ट्रासाउंड किया। डॉक्टर ने कहा, "बच्चा बिलकुल ठीक है।" साथ में एक पर्चा भी मुझे थमा दिया जिसमें दवाइयाँ लिखी थीं। फिर डॉक्टर ने अगली तारीख बताई, जिस तारीख को रितु और बच्चे का अगला चेकअप होना था। डॉक्टर ने रितु से कहा, "दूध, दही के साथ हरी सब्जियाँ और फल तुम्हें खाने हैं।" इसी बीच प्रिया का भी फोन आया था। पर मैंने फोन काट दिया था। अब मुझे होने वाले बच्चे से जुड़ाव महसूस होने लगा। शाम को जब मैं घर आया तो देखा मेरे भाई अमित के पास कई मजदूर जैसे लोग थे। मैंने अमित से पूछा, "ये लोग किसलिए आए हैं?" तो उसने कहा, "घर पर अब कल से घर को सुंदर बनाने के लिए काम चलेगा। ये काम काफी दिनों से रुका हुआ था।" मैंने उससे कहा, "रंग-रोगन होगा?" वह बोला, "सभी काम होंगे, टाइल्स से लेकर फॉल सीलिंग और लकड़ी तक का काम जैसे लकड़ी की अलमारी आदि सब कुछ।"

उसने मिस्त्रियों और मजदूरों को सारा घर दिखाया। मैं वहाँ से रसोई की तरफ चला गया और एक गिलास पानी फ्रिज से लिया तो देखा घर की सारी औरतें बातें कर रही थीं कि तभी रितु ने कहा, "पता है, डॉक्टर ने क्या कहा, अल्ट्रासाउंड करते हुए कहा था लड्डू आ रहे हैं।" मेरी बेटी ने कहा, "इसका क्या मतलब है?" तो रितु ने कहा, "तेरा भाई आने वाला है।" साक्षी जो मेरे भाई की पत्नी थी, बड़ी खुश हुई और मेरी माँ भी। सब पार्टी की बात करने लगे। मैं फिर हॉल में गया। मेरा भाई सबको काम समझा रहा था। तो मैंने एक मिस्त्री से पूछा, जो उनका हेड था, "सारे काम में कितने पैसे लग जाएँगे?" तो मिस्त्री ने कहा, "आप बीस से बाइस लाख तो मानकर चलो।" मेरा मुँह खुला का खुला ही रह गया। मैंने अमित को घूरकर देखा, पर वह मुस्कुराता रहा। जब सब मजदूर चले गए तब मैंने अमित से कहा, "इतना पैसा खर्च करके क्या मिलेगा?"

"अरे जब लोग पार्टी में आएँगे तो घर भी सुंदर लगना चाहिए।"

"पर इतना पैसा खर्च करने से क्या फायदा, इतना तो इंटीरियर डिजाइनर भी न लेता।"

"अरे मैंने बात की थी एक इंटीरियर डिजाइनर से। वह इसी काम के तीस लाख ले रही थी।"

"फिर भी बीस-बाइस लाख नहीं खर्च किया जा सकता है।"

"पर ये काम भी जरूरी हैं। जो कई साल से अटके पड़े हैं। जब हमारा बच्चा होगा तो बहुत से मेहमान आएँगे। उनके सामने इम्प्रेशन अच्छा पड़ना चाहिए। मैं तो चाहता हूँ पार्टी भी किसी बड़े होटल में होनी चाहिए।"

मैं गुस्से से भन्नाता हुआ वहाँ से आ गया। अगले दिन से ही घर पर काम शुरू होना था। मैं फिर बाहर चला गया। मेरा फोन बार-बार बज रहा था, फोन प्रिया का था। पर मैं अभी उससे बात नहीं करना चाहता था। मैं जानता था कि वह फोन उठाते ही हरिद्वार आने के बारे में पूछेगी।

चौदह

मैं राज की दुकान पर था, वहीं पर मनीष और पंकज थे। राज ने कहा, "आज पार्टी करते हैं।" मैंने और मनीष ने हाँ कर दी पर पंकज ने मना किया तो फिर बियर मँगवाई गई पर मनीष ने ब्लैक डॉग का क्वॉटर मँगवाया, जो दारू होती है। मैंने राज से पार्टी शुरू होते ही कहा, "हम साल भर से कहीं टूर पर नहीं गए हैं।" तो मनीष ने कहा, "तुम सही कह रहे हो। हम इस सर्दी में गोवा चलते हैं।"

"पर मैं तो हरिद्वार और मसूरी जाना चाहता हूँ। वहाँ हम गाड़ी से बारह घंटे में पहुँच सकते हैं।" तो मनीष बोला, "ठीक है पर हरिद्वार का क्या सीन है? अपनी गर्लफ्रेंड से मिलने का बहाना है ये तो... मैं सब समझता हूँ। ठीक है अगले महीने देखते हैं।" राज ने कहा।

"मैं तो इसी महीने या इसी हफ्ते जाना चाहता हूँ।" मैंने कहा, तो राज हँसने लगा। फिर बोला, "इतना उतावलापन क्यों कर रहा है?"

मैंने कोई जवाब नहीं दिया और बियर के घूँट भरता रहता। मनीष बोला, "अगले महीने चलो, तो मैं तैयार हूँ।"

मैंने कहा, "राज की तरफ से मैं हामी भरता हूँ।" राज बोला कि जैसे मेरे घूमने के पैसे भी यही देगा और वह हँसने लगा। मेरा काम हो गया। हम ने दीवाली के बाद हरिद्वार से मसूरी जाने का प्लान बना लिया और हरिद्वार में बारह घंटे रुकने का भी।

पार्टी के बाद रितु ने मुझे घर पर घेर लिया। रितु ने मुझे कहा, "पीकर आए हो ना?" मैंने कोई जवाब नहीं दिया तो वह समझ गई पक्का पीकर आया हूँ। तभी मम्मी ने उसे सोने के लिए बुला लिया। आज से ही उसे मम्मी के पास सोना था।

मेरी दोनों बेटियाँ छवि और समीक्षा भी वहीं सो गई थीं। मैं फिर अपने कमरे में आ गया और प्रिया के पास फोन लगाया, रात के ग्यारह बजे थे। फोन को प्रिया ने दो घंटी में ही उठा लिया। मैंने "हेलो" कहा, तो वह कुछ नहीं बोली, मैंने फिर से "हेलो" कहा, तो उसने "हेलो" कहा, और बोली, "मैंने शाम को कई बार फोन किया था। फोन क्यों नहीं उठाया तुमने?"

"मैं कहीं फँस गया था, इसीलिए, सॉरी।"

तो वह बोली, "हरिद्वार का प्लान बना?"

"हाँ राज और मनीष के साथ मैं भी दीवाली के बाद हरिद्वार आ रहा हूँ। उसके बाद हम मसूरी जाएँगे।"

"किस डेट को आओगे?"

"बारह नवंबर को। उस दिन मैं कोशिश करूँगा कि सुबह ही हरिद्वार पहुँचूँ। तुम उस दिन सुबह ही अपने गाँव से हरिद्वार चली आना।

"ठीक है, मैं बारह नवंबर को हरिद्वार आ जाऊँगी।"

"मैं बारह घंटे हरिद्वार में रहूँगा। और बताओ, आज क्या किया तुमने सारा दिन?"

"कुछ नहीं, बस सुबह खेतों में गई थी, पापा और छोटे भाई के साथ।"

"अच्छा बताओ तुम्हारे खेत पहाड़ी पर हैं या समतल मैदान में हैं?"

"वैसे तो आठ बीघा खेत समतल में हैं, पर पाँच बीघा पहाड़ी पर हैं।"

"क्या बो रखा है खेत में?"

"पाँच बीघा में लीची का बाग है और बाकी में सब्जियाँ बो रखी है।"

"तुम्हारा लिची का बाग है, तुमने कभी बताया नहीं?"

"हाँ, तुमने इस बारे में कभी पूछा नहीं।"

"और बताओ, तुमने पढ़ाई शुरू की या नहीं?"

"सच पूछो तो नहीं की पर कल से पढ़ूँगी।"

"तुम्हारी संस्कृत की किताबों में वेद भी होंगे, उन्हें कैसे समझोगी? तुम्हें इतनी संस्कृत आती है?"

"अरे मैं तो संस्कृत में कहो तो समाचार बोल दूँ, तुम वेदों की बात कर रहे हो। मुझे संस्कृत बोलनी भी ऐसे आती है, जैसे हिंदी।"

"तो ठीक है, तुम्हारा भविष्य उज्ज्वल है।" तभी मेरे कमरे में ठक-ठक हुई।

मैंने प्रिया से कहा, "कोई आ रहा है थोड़ी देर में बात करता हूँ।" और फोन काट दिया। मैंने बाहर आकर देखा अमित बाहर खड़ा था। उसने कहा, "थोड़ी देर बाहर बैठते हैं।" नाम तो वह थोड़ी देर का ले रहा था पर मैं जानता था उसके पास बैठे-बैठे आधी रात गुजर जाएगी। मैंने उससे कहा, "मुझे नींद आ रही है।" वह बोला, "ठीक है सो जाओ।" मैंने फिर से प्रिया के पास फोन मिलाया, प्रिया ने पूछा, "कौन था?"

"अमित था।"

"और बताओ तुम्हारी बीवी का क्या हाल है? उसे इन दिनों उल्टियाँ नहीं होतीं?"

"नहीं इस बार तो इतनी नहीं हुई पर छवि जब पेट में थी तो उसे बहुत उल्टियाँ होती थीं। जानती हो घर पर नए मेहमान के आने से ये हाल है कि सब उसके होने की पार्टी का इंतजार कर रहे हैं। वैसे तो बच्चा अभी छह महीने में होना है, पर तैयारी अभी से चल रही है। कई बार तो लगता है, लड़के की जगह लड़की हो जाए तो सब का मुँह लटक जाएगा।"

"क्या तुम्हें लड़का आने से खुशी नहीं होगी?"

"होगी तो सही पर कई बार लगता है कि मेरी बेटियों का हक मारने वाला लड़का आ रहा है। जानती हो समीक्षा मुझ से बोली कि जब मेरा भाई आ जाएगा तो मैं उसे अपनी सारी डॉल्स दे दूँगी। मैं और रितु उसकी भोली बात पर बहुत हँसे।" प्रिया भी सुनकर हँसने लगी। मैंने प्रिया से कहा, "जानती हो, हमारे घर में बदलाव का काम शुरू हो गया है, उसे अच्छा और सुंदर बनाने के लिए।"

"अच्छा तो घर का इंटीरियर डिजाइन हो रहा है।"

"हाँ।" तभी फोन से खट-पट की आवाज आने लगी।

मैंने प्रिया से पूछा, "क्या कर रही हो?"

"मैं कॉफी बना रही हूँ।"

"एक बात बताऊँ, तुम कॉफी बहुत अच्छी बनाती हो।"

"हाँ, घर पर सभी यही कहते हैं, इसके अलावा मैं चाय भी अच्छी बनाती हूँ, पर खाना अच्छा नहीं बना पाती हूँ।"

"क्या तुम्हें खाना बनाना नहीं आता है?"

"आता तो है पर मम्मी जितना टेस्टी नहीं आता है। मैं मम्मी से अभी सीख

रही हूँ।"

"तुमने कभी बताया नहीं तुम्हें खाने में क्या पसंद है?"

"वैसे तो मैं सब तरह का खाना खा लेती हूँ, पर मुझे पनीर की चीजें ज्यादा पसंद हैं। मुझे मिठाइयाँ भी पसंद हैं। तुम्हें क्या पसंद है खाने में?"

"वैसे मैं भी सब खा लेता हूँ। पर मुझे पीना पसंद है।"

"क्या? बियर!" और वह हँसने लगी। मैंने कहा, "बियर नहीं जैसे चाय, कॉफी, कोल्ड ड्रिंक, जूस मॉकटेल आदि। मुझे टेस्टी पीने की चीजें ज्यादा पसंद हैं। मैं तो शादी में भी जाता हूँ, तो ये सभी चीजें ज्यादा लेना पसंद करता हूँ।"

"अच्छा अब रखती हूँ, बहुत देर हो गई है। गुड नाइट।"

"नहीं, अभी नहीं। अभी कुछ और बताओ अपने बारे में।"

"अरे क्या बताऊँ, टाइम से नहीं सोई तो कब उठूँगी? काफी बातें हो गईं, अब रखती हूँ। माई लव ओके, बाय!" और उसने फोन काट दिया।

अभी रात के एक बजे थे मैंने एक कप चाय बनाई, फिर मैं भी मीठी नींद में सो गया। सुबह उठा तो रितु ने मुझे चाय दी और मैंने उसके गाल पर एक किस दिया। उसने चाय बहुत अच्छी बनाई थी। तभी घर पर मिस्त्री और मजदूर आ गए।

मैंने रितु से कहा, "अभी से काम शुरू हो गया। अब इस खट-पट में रहना होगा दो-तीन महीने।"

"दो-तीन नहीं छह महीने लग जाएँगे। बताओ, हमारे कमरे में कैसा कलर करवाना है?" छवि भी वहीं थी, उसने कहा, "पापा, पिंक कलर करवाना।"

"ठीक है बेटा पिंक ही करवाएँगे।" तो रितु बोली, "पिंक नहीं, हम बिस्कुट कलर करवाएँगे।"

"ये भी कोई कलर है, बिस्कुट कलर।"

"अरे राज के घर पर ये कलर हुआ है। बहुत अच्छा लगता है। एक बार देख आना।"

"नहीं, मुझे नहीं देखना, बच्चा भी तुम्हारी मर्जी का और कलर भी। तुम्हारी ही चलेगी, हर चीज में! यहाँ पिंक ही कलर होगा।"

छवि ने कहा, "हाँ पापा पिंक ही करवाना।"

रितु ने कहा, "तुम्हारे स्कूल का टाइम हो रहा है। जल्दी से बाथरूम में

चलो। तुम्हें नहलाना है।" तभी मजदूरों ने खट-पट शुरू कर दी। मैं चाय पीकर मम्मी के कमरे में चला गया। छवि और समीक्षा को मैं स्कूल छोड़ आया। वापस आकर मैं फिर से मम्मी के कमरे में चला गया। जहाँ मम्मी अपने पूजा के काम में व्यस्त थीं। कल करवाचौथ भी था जिसकी तैयारी भी चल रही थी। मैंने फिर काफी देर तक अखबार पढ़ा। तभी रितु कमरे में आई और बोली, "कल मेरे मम्मी-पापा मुझसे मिलने आ रहे हैं।"

"पर करवाचौथ को?"

"हाँ, उस दिन पापा की छुट्टी रहती है।"

"पर वे क्यों आ रहे हैं?"

"बस उनका मन मुझसे मिलने का है। साथ में हमें और बच्चों को उनका आर्शीवाद मिल जाएगा।"

"पर घर पर तो हर जगह काम चल रहा है।"

"तो क्या हुआ, ये सब ऐसे ही चलता रहेगा। क्या फर्क पड़ता है।"

"अच्छा, आज खाने में क्या बना रही हो?"

"रोटी और आलू-गोभी की सब्जी।"

मैंने कहा, "इतना बोरिंग खाना।" मैं फिर रसोई में गया जहाँ पर डोडा बर्फी रखी थी। मैंने कहा, "ये मिठाई किसकी रखी है?" और उस डिब्बे में एक डोडा बर्फी निकालकर खानी शुरू की तो रितु ने कहा, "ये मेरे लिए है मम्मी ने मँगवाई है।"

"सिर्फ तुम्हारे लिए मम्मी ने मँगवाई है?"

"हाँ मेरा मन था खाने का। जब किसी के पेट में बच्चा होता है तो उसका मन कुछ-न-कुछ खाने का करता है, इसीलिए। सुना है कि अगर माँ को पसंद की खाने की चीजें न दें तो होने वाला बच्चा रालें फेंकता है।"

"अरे फिर तो तुम्हारी मौज हो गई, जो चाहे खाओ।"

"और क्या माँ को क्या समझते हो तुम।"

"तुम नहीं जानती आज मुझे एक सपना आया था कि तुम बूढ़ी हो गई हो और तुम्हें होने वाला बच्चा भी बड़ा हो गया है। तुम बीमार हो, पर तेरा लड़का तुझको मार रहा है।" और मैं हँसने लगा। तो रितु ने कहा, "तुम तो यही बकवास सपने में देखोगे। देखना मैं अपने बच्चे की कैसी परवरिश करती हूँ। लाखों में

एक होगा वो।"

"हाँ जैसे तेरी बेटियाँ, हर बार स्कूल से कुछ-न-कुछ सुनने को मिलता रहता है।"

"अरे स्कूल वालों को तो कुछ-न-कुछ बहाना चाहिए, जो वह हमारे बच्चों की शिकायत कर सकें।"

"हाँ वे तो पागल हैं और बच्चों को तो कुछ नहीं कहते। स्कूल वाले जो हमारे बच्चों के पीछे पड़े हैं, तुम उन्हें ठीक से पढ़ाती नहीं हो।"

"अरे अभी से बच्चों पर बोझ नहीं डालना चाहिए पढ़ाई का, समझे।"

"इन सबको छोड़कर बच्चों पर ध्यान दो, उनको ढंग से पढ़ाओ।"

"हाँ तुम क्यों नहीं पढ़ाते ?"

"मेरे पास टाइम कहाँ है इन सब का।" और मैं हँसने लगा।

अगले दिन रितु और मुझसे मिलने मेरे सास और ससुर आए। जिनकी आव-भगत में रितु ने कोई कमी नहीं छोड़ी। वे खाने की कई चीजें भी लाए थे। आज करवाचौथ भी था। मेरे और मेरे भाई के बच्चों की छुट्टी थी। मैंने अपने सास-ससुर को नए बने किराए के फ्लैट भी दिखाए। वे बहुत खुश हुए। तब भी घर का काम चल रहा था। उन्होंने पूछा बच्चों का स्कूल कैसा चल रहा है। मैंने कहा, सब ठीक चल रहा है फिर शाम को वे वापस अपने घर जाने लगे। मेरे ससुर जी ने मुझे और सभी को सौ-सौ के नोट दिए और बच्चों को पचास पचास रुपए, तो मेरी मम्मी ने कहा कि इसकी क्या जरूरत है। इतना सब तो आप लाए ही हो। तो मरी सासू जी ने कहा कि ये तो होता ही है। मैं भगवान से प्रार्थना कर रही हूँ, भगवान इन बच्चों की जोड़ी सदा बनी रहे। फिर वे टैक्सी से अपने घर लौट गए।

शाम को रितु ने पूजा की। पहले चांद को पानी चढ़ाया, फिर मुझे छलनी से देखा। उसने मेरे पैर भी छूए। मैंने भी उसे पानी पिलाकर उसका व्रत तुड़वाया। ये करवाचौथ मुझे सदा याद रहेगा। ये सोचते हुए शाम को रितु के साथ खाना खाया। फिर वह सोने के लिए मम्मी के कमरे में चली गई।

तभी मेरे फोन पर प्रिया का फोन आया। मैं जैसे ही फोन को उठाने लगा तो बाहर से किसी के भागने की आवाज आई। तो मैंने फोन काटकर बाहर देखा तो देखा रितु बाथरूम के अंदर वाश बेसिन में उल्टी कर रही थी। जानता था कि गर्भवती औरतों को अक्सर ऐसे में उल्टी हो जाती है। उसके उल्टी करते ही

मैंने उसे साफ पानी दिया, उसने उसे पी लिया फिर वह वापस मम्मी के कमरे में चली गई। मैंने फिर प्रिया को फोन लगाया। उसने कहा, "क्या हुआ था तुमने फोन काट दिया?"

"कुछ नहीं। बस रितु को उल्टियाँ हो रही थीं। और बता क्या हाल है?"

"हाल तो मेरे ठीक हैं। बस तुम्हारी याद के कारण पढ़ नहीं पाती हूँ। बस दिल करता है कि तुमसे बातें करती रहूँ।"

मैंने कहा, "फिर करती क्यों नहीं?"

"बस यही सोचती हूँ कि ये सब कब तक चलेगा। तुमसे बात करने का सिलसिला कभी तो बंद करना होगा। अब तो यह हाल है कि मैं खाना तक नहीं खाती। बस तुम्हें देखने के लिए तड़पती रहती हूँ।"

"मेरा भी यही हाल है। तुम्हारी कॉफी की याद आती रहती है।" और मैं हँसने लगा। वह समझ गई कि मैं मजाक कर रहा हूँ। तो प्रिया ने कहा, "तुम्हें बस कॉफी की पड़ी है, मेरी तो जान निकले जा रही है। हर वक्त, मेरे घर के लोग अक्सर पूछते हैं कि मैं पहले से कम बात क्यों करती हूँ और फोन पर किस से बातें करती रहती हूँ।"

"तो कह दिया कि अपने प्यार से बातें करती हूँ।" तभी रितु फिर से बाथरूम गई। मैंने प्रिया से कहा, "अब फोन रखता हूँ। रितु को बार-बार उल्टियाँ हो रही हैं।" तो उसने कहा, "थोड़ी देर में फिर से फोन करना।" मैंने कहा, "ठीक है। बात ज्यादा सीरियस नहीं होगी तो करूँगा।" मैंने फिर रितु की दवाइयों में रखी उल्टियाँ बंद करने की गोली निकाली और एक गिलास पानी के साथ बाथरूम के बाहर खड़ा हो गया। वह काफी देर तक बाथरूम में रहने बाद बाहर आई। मैंने उसे गोली देते हुए उससे पूछा, "कैसा महसूस कर रही हो?"

"अब ठीक है, ज्यादा तला हुआ खाने से उल्टियाँ हुई हैं। उसने पानी के साथ गोली ली, फिर मैं अपने कमरे में आ गया।

पंद्रह

कुछ दिनों में दीपावली आ गई। मेरे हरिद्वार जाने का समय भी आ गया था। बारह नवंबर को मैं, राज और मनीष हरिद्वार के लिए सारा सामान लेकर यहाँ से रात को निकले। वैसे तो मुझे सुबह हरिद्वार पहुँचना था, पर मैं नहीं चाहता था कि देर से हरिद्वार पहुँचूँ। इसीलिए मैं गाड़ी तेज चला रहा था। रास्ता जब आधा हो गया तो मैंने प्रिया को फोन किया कि मैं सुबह आठ बजे तक हरिद्वार पहुँच जाऊँगा। तुम मुझे हर की पौड़ी पर मिलना। फिर एक ढाबे पर हम चाय-पानी के लिए रुके। चाय पीने के बाद हम वहाँ से चल दिए और ठीक सुबह हम हरिद्वार पहुँचे। अभी सात बजे थे। गाड़ी को पार्किंग में लगाकर हम फिर हर की पौड़ी पर आ गए। जहाँ हमने स्नान किया। फिर मैंने राज और मनीष से कहा, “प्रिया आती होगी।” तो राज ने कहा, “तुम शाम तक प्रिया के साथ रह सकते हो, हम दोनों अब नीलकंठ के लिए निकलते हैं। फिर हम मनसा देवी और मंदिरों में जाएँगे।”

मैंने कहा, “ठीक है।”

वे दोनों वहाँ से चले गए। मैं भी हर की पौड़ी पर प्रिया का इंतजार करने लगा। कोई एक घंटे के बाद प्रिया का फोन आया, उसने कहा, “कहाँ हो ?” मैंने कहा, “घाट पर ही हूँ।” कुछ देर में वह मेरे पास पहुँच गई। उसने काला सूट पहन रखा था। खुले बाल छोड़ रखे थे। वह अपने गाँव में रहकर और भी गोरी हो गई थी। उसके साथ एक और लड़की थी। उसने कहा, “ये मेरी कजन है। जो हरिद्वार मेरे साथ आई है।” मैंने कहा, “इसे भी घुमाना होगा।” तो प्रिया ने कहा, “ये तो कुछ किताबें लेने हरिद्वार मेरे साथ आई है।” वह हम से दूर खड़ी थी। उसने प्रिया से बाय बाय कहा और चली गई। हम भी बाजार में घूमने लगे। प्रिया ने बताया कि वह घर से बहाना मारकर आई है। मैंने पूछा कि क्या बहाना मारा ? तो वह बोली कि मैं किताबें लेने जा रही हूँ। मैं एक बार तो प्रिया को गले

लगाना चाहता था। पर हरिद्वार जैसी जगह पर ये सब ठीक नहीं था। हरिद्वार में हम घूमने लगे तो एक जगह देखा काफी भीड़ थी। मैंने प्रिया से कहा, "यहाँ घूमना ठीक नहीं है, कहीं और चलो।" तो प्रिया बोली कि यहाँ पर चाय बहुत अच्छी मिलती है इसीलिए इतनी भीड़ लगी है। कोई झगड़ा नहीं हो रहा है। तो मैंने और प्रिया ने भी वहाँ चाय पी। मैंने प्रिया से कहा, "यहाँ कोई शांत जगह नहीं है, जहाँ हम बातें कर सकें?" प्रिया ने कहा, "हरिद्वार में बहुत से मंदिर हैं, जहाँ हम घूम सकते हैं। ये मंदिर बहुत मॉर्डन हैं।" मैंने कहा, "तो वहीं चलते हैं।" यहाँ से हमने मंदिरों में घूमने के लिए एक ऑटो किराए पर लिया, वह हमें तीन सौ रुपए में मंदिरों में घुमाने के लिए राजी हो गया। फिर हम वहाँ से पहले मंदिर में गए जहाँ पर पुराने समय के हिसाब से मंदिर का निर्माण किया गया था। मंदिर में पुराने समय की प्रतिमा थी। वहाँ एक गुफा भी बनाई गई थी। घूमते-घूमते हम उस गुफा में भी गए, जहाँ गुफा में बहुत-सी कहानी कहती हुई मूर्तियाँ थीं। पता नहीं किस शर्म की वजह से मैं और प्रिया बातें नहीं कर रहे थे। दोपहर को एक बजे हमें ऑटो वाले ने मंदिरों को दिखाकर हरिद्वार में छोड़ दिया। फिर मैंने प्रिया से कहा, "यहाँ एक रेस्टोरेंट है, जिसको चोटी वाला कहा जाता है, तुम्हें उसका पता है?" तो प्रिया ने हाँ कहा। "हम वहाँ खाना खाने के लिए जा सकते हैं।" हम फिर उस रेस्टोरेंट में खाना खाने चल दिए।

प्रिया ने कहा, "मुझे गाँव में तुम्हारे बगैर कुछ अच्छा नहीं लगता है।"

मैंने प्रिया से कहा, "अगर मेरी शादी न हुई होती तो प्रिया मैं तेरे से ही शादी करता।"

"अरे फिर क्या हुआ। क्या शादी होना जरूरी है? प्यार तो ऐसे भी रहेगा।"

"हाँ, तुम सही कह रही हो, प्यार के लिए कोई रिश्ता होना जरूरी नहीं है। और बताओ तुम्हारी शादी कब होगी?"

"वैसे तो मेरे पापा मेरी शादी अभी करना चाहते थे, पर मैंने पापा से कहा कि मैं अपनी पढ़ाई खत्म करके ही शादी करना चाहती हूँ। तो वे फिलहाल मान गए हैं।" मैंने प्रिया से कहा, "तुम्हारी शादी के बाद तो तुम मुझे भूल ही जाओगी।"

"नहीं ऐसा नहीं है, मेरे प्यार, मैं फिर भी तुमसे बात करती रहूँगी।"

"तो फिर ठीक है। पता है एक बार जब मैं बारहवीं में पढ़ता था तो हमारे मोहल्ले के लड़के हरिद्वार घूमने आए थे। हम यहाँ काँवड़ के समय आए थे।

हम चार लड़के थे। पहले तो हम पैदल नीलकंठ पर गए...।"

"इतनी ऊँची चढ़ाई तुमने पैदल ही कर दी?"

"हाँ पैदल ही की। फिर हम पैदल ही ऋषिकेश पहुँचे। वहाँ से एक बस पकड़ी और फिर हरिद्वार आए। मैं और मेरे साथी बहुत थक चुके थे। फिर हमने एक रेस्टोरेंट में खाना खाया और फिर से हम घाट पर नहाए। गंगा में नहाने के बाद हमारी थकान बिलकुल खत्म हो गई। हम नौ बजे तक बाजार में घूमते रहे। फिर हम अपनी धर्मशाला में आ गए। तभी पता चला हरिद्वार में दंगे हो गए हैं। हर जगह लाठियाँ चलने लगीं। ये दंगे काँवड़ियों और बाजार के दुकानदारों के बीच हो रहे थे। हर जगह चीख-पुकार हो रही थी। धर्मशाला की छत से दंगे साफ देखे जा रहे थे। छत पर ज्यादातर काँवड़िए ही थे, जो दंगे में शामिल दुकानदारों को हर हर महादेव कहकर चिढ़ा रहे थे। तभी धर्मशाला के नीचे ही कुछ दंगाइयों को कावड़ियों ने हर हर महादेव कहा, तो एक दंगाई ने ऊपर की तरफ एक कुल्हाड़े को दिखाया। उन दंगाइयों के पास हथियार जैसे कुल्हाड़े, लाठियाँ, सरिये आदि थे। कुल्हाड़े को देखते ही सारे धर्मशाला के लोग छत से नीचे भागे। हम भी नीचे अपने कमरों में आ गए। लगा कि दंगाई शायद धर्मशाला में घुस जाएँगे। मैं डरा हुआ महसूस करते हुए सारी रात अपने कमरे में रहा। बाहर शोर होता रहा। लाठियाँ चलती रहीं और चीख-पुकार होती रही। मैं उस रात बिलकुल भी नहीं सोया। सुबह हुई तो मैं और एक लड़का जो हमारे मोहल्ले का था, बस पकड़कर दिल्ली आ गए। बाकी हमारे दो साथी जो काँवड़ लेने आए थे, वे वहीं रह गए।"

"पर तुमने ये नहीं बताया कि दंगे किसलिए हुए थे?"

"अरे एक आदमी कह रहा था कि घाट पर किसी ने एक लड़की को छेड़ दिया था। तो कोई बता रहा था कि कावड़ियों ने एक दुकान में आग लगा दी। पर असलियत कोई नहीं बता पाया।"

"तो पुलिस नहीं थी, जो इस दंगे को रोकती?"

"पुलिस तो थी पर बहुत कम पुलिस वाले थे। इसलिए वे नहीं रोक पाए। कुछ लोग तो ये भी कह रहे थे कि कई लोगों ने काँवड़ियों को गंगा में फेंक दिया। शायद पुलिस भी दंगाइयों का साथ दे रही थी।"

पहले हरिद्वार में ऐसा होता ही रहता था। अब ऐसा नहीं होता है। मैं एक दुकान को देख रहा था, वह पैसे से दूध पिला रहा था। मैंने प्रिया से कहा, "हम

भी चलकर दूध पीते हैं।" हम उस दूध वाले की दुकान पर गए, जहाँ हमने दो गिलास दूध लिया। उसने एक जग में दूध डालकर उसमें शक्कर मिलाई, फिर एक कुल्हड़ में हमें दूध दिया और ऊपर से उसने दूध में ढेर सारी मलाई डाल दी। हमने मजे में पिया। फिर हम घाट पर वापस पहुँच गए और एक बेंच पर बैठ गए। तो प्रिया ने कहा, "जानते हो, पहले हम जब पापा के साथ यहाँ आते थे तो हम चारों भाई-बहन इस घाट पर ही नहाते थे। फिर पापा हमें बहुत-सी चीजें खिलाते थे, बहुत मजा आता था।" फिर वह चुप हो गई। मैंने कहा, "फिर क्या, हुआ?"

"फिर पापा जेल चले गए थे, भैंस मारने के जुर्म में।"

"क्या तुम्हारे पापा के जाने के बाद तुम यहाँ नहीं आई?"

"नहीं, ताई जी ने कभी मुझे यहाँ नहीं भेजा था, पाँच साल तक। जब पापा जेल से छूटे तभी हम चारों भाई-बहन यहाँ आए थे।"

तभी कुछ लोग डंडों के साथ वहाँ से गुजरे तो मेरी जान निकल गई। मुझे लगा की लड़की के साथ बैठा हूँ, कहीं इसीलिए ये डंडों के साथ घूम रहे हैं। क्योंकि उत्तराखंड में लोग अक्सर प्यार करने वालों को तंग करते ही रहते हैं। पर वह वहाँ से चले गए। तो प्रिया की हँसी छूट गई। तो मैंने पूछा किसलिए हँस रही हो?"

"डर से तुम्हारा मुँह देखने लायक था, इसीलिए।"

"पर मैं डरा नहीं था।"

"मैं जानती हूँ, तुम डर गए थे। लेकिन हरिद्वार में प्यार के जोड़ों को तंग नहीं किया जाता है।"

"जानती हो प्रिया, अगर तुम्हारी शादी हो गई तो क्या होगा मेरा, यह सोचकर जान निकली जाती है, हर वक्त।" तो प्रिया ने कहा, "अभी कहाँ मेरी शादी हो रही है और मैं कभी तुम्हें भूलूँगी नहीं। तुमने रितु के बारे में कुछ नहीं बताया?"

"यही तो मैं बताना चाहता था कि रितु को लड़का ही होगा।"

"पर ये तुम्हें किसने बताया? झाड़-फूँक करने वाले ने?"

"नहीं, रितु का जिसने अल्ट्रासाउंड किया था, उसने रितु से कहा था कि लड्डू आ रहे हैं।"

"तो इसका मतलब उसे लड़का ही होगा।"

"हाँ ऐसा ही है। घर पर भी बच्चे के आने की खुशी में सारा दिन पार्टी की

बातें होती रहती हैं।"

"ओ सच में?"

"हाँ यही सच है।"

"क्या तुम लड़के के आने से खुश हो?"

"हाँ मेरा मन अब बदल गया है। थोड़ा-सा मेरी जेब पर ही तो फर्क पड़ेगा और पैसे भी क्या मुझे छाती पर लेके जाने हैं। शायद ये दुनिया लड़कों की ही है।"

"पर तुमने कहा था कि तुम लड़के और लड़की में कोई फर्क नहीं करोगे?"

"हाँ ये भी है।"

"अच्छा शाम के सात बज गए हैं, मुझे अब घर जाना है।"

"प्लीज कुछ देर और यहाँ मेरे साथ रह सकती हो? अभी मन भरा नहीं।" तो प्रिया बोली, "रात को हमारे यहाँ से गाँव जाने के लिए कोई ऑटो नहीं मिलेगा, साथ में मेरी कजन भी मेरा वेट कर रही होगी। और तुम मुझे होटल में भी मिल सकते थे।" और वह हँसने लगी। मैंने कहा, "मैंने तो ऐसा सोचा ही नहीं, मैं तुम्हारे साथ होटल में रहता।" तो वह बोली, "अब पछताए क्या हो, जब चिड़िया चुग गई खेत।" और वह शरारत के साथ हँसी। मैंने उसे बाय कहा, तभी उसकी कजन भी आ गई। वह चली गई और मेरी आँखों में आँसू आ गए।

सोलह

मैंने राज को फोन किया, "कहाँ हो अभी तक नहीं आए?"

"हम बस आधे घंटे में हर की पौड़ी पर पहुँच रहे हैं, तुम मेरा और मनीष का तौलिया और अंडरवियर तब तक गाड़ी की डिग्गी से निकाल लाओ।"

"मेरा क्या यही काम रह गया है, तुम्हारे कच्छे उठाने का?"

"हम तेरे लिए इतनी दूर से यहाँ आए हैं। तुम इतना भी नहीं कर सकते?" मैं हँसने लगा और फोन काट दिया। मैं वहाँ से फिर गाड़ी की तरफ चल दिया। उन दोनों के तौलिए और अंडरवियर लेकर हर की पौड़ी के घाट पर आ गया और घाट पर नहाने लगा। पानी बहुत ठंडा था। पंद्रह बीस मिनट में वे दोनों भी आ गए। आते ही राज ने कहा, "क्या किया इतने टाइम प्रिया के साथ में?" "बस पहले तो कई मंदिरों में घूमे, फिर बाजार में, फिर इस घाट पर आकर बैठ गए।"

"तुमने उसे किस तक भी नहीं किया?"

"कैसे करता इतनी पब्लिक थी, पर उसने जाते समय मुझसे कहा कि हम होटल में भी मिल सकते थे।" तो राज ने कहा, "तू रहा तो बुद्धू ही, लड़की कह रही है, पर तू समझ नहीं सका।" और वह मुस्कुराया। फिर मैंने पानी के अंदर से उन दोनों पर पानी फेंका। तो मनीष ने कहा, "अरे पानी बहुत ठंडा है।" मैंने कहा, "तुम भी अब पानी में आ जाओ।" मनीष ने पानी में पैर डाला और कहा, "बिलकुल ठंडा पानी है बर्फ जैसा।" राज ने उसे धक्का दे दिया, पर धक्का इतना तेज नहीं था कि वह पानी में गिर जाता। पर धक्के से वह पानी में जरूर चला गया। उसने पानी में एक डुबकी लगाई और बोला, "हर हर गंगे!" राज भी पानी में उतर गया। हम एक घंटा पानी में रहे। हमने एक रेस्टोरेंट में खाना खाया। हम गाड़ी में मसूरी के लिए निकल गए। मसूरी पहुँचकर हमने होटल लिया। पहले तो हम बाजार में घूमते रहे फिर एक शराब के ठेके से बियर ली, होटल के कमरे में

आकर हमने बियर पी, फिर मसूरी में रात भर घूमते रहे। देर रात जब हम होटल पहुँचे तो थक चुके थे। हमें नींद आ गई।

अगले दिन हम कैम्पटी फॉल के लिए निकले, जहाँ रास्ते में हम बियर पीते हुए वहाँ पहुँचे। जहाँ का पानी हरिद्वार से भी ठंडा था। हम कई घंटे वहाँ झरने के पानी में नहाते रहे। तभी अचानक ही बारिश का मौसम हो गया। तेज आँधी के बाद बारिश शुरू हो गई। मुझे ये सब देखकर लगा कि कहीं बादल न फट जाएँ। मैंने राज और मनीष से कहा, बाहर आ जाओ। तो वे बोले, ठीक है और बाहर आकर हमने एक स्टॉल पर मैगी खाई। फिर हम वहाँ से होटल पहुँचे, जहाँ हमने होटल का किराया दिया। रात को ही हम दिल्ली के लिए निकल गए।

रास्ते भर बातें करते हुए हम हरिद्वार पहुँचे। वहाँ हमने खाना खाया। मनीष ने कहा, "हम शिवपुरी भी जा सकते थे।" मैंने पूछा वहाँ क्या है ? वह बोला, "वहाँ हम राफ्टिंग कर सकते थे।" मैंने कहा, "हम वहाँ नहीं जा सकते, मुझे आज ही रितु को डॉक्टर के पास लेकर जाना है।" तो राज ने कहा, "किसलिए ?" मेरे मुँह से निकल गया था, पर मैंने उन्हें नहीं बताया कि रितु प्रेगनेंट है।

"रेगुलर चेकअप के लिए।"

वहाँ से हम शाम को दिल्ली पहुँचे। पाँच बजे घर पहुँच गए।

सत्रह

देबू का इस दुनिया में आना और पार्टी

हरिद्वार से आने के बाद रितु को चेकअप के लिए लेकर मैं डॉक्टर के पास गया। यहाँ डॉक्टर के पास मिलने के लिए लंबी लाइन थी। हमने दो घंटे डॉक्टर से मिलने का इंतजार किया फिर हमारा नंबर आया। मैंने डॉक्टर को नमस्ते किया। फिर उन्हें कई रिपोर्ट दिखाई, उनमें से एक रिपोर्ट खून की भी थी। जिसे देखकर डॉक्टर ने कहा, "हिमोग्लोबिन 7 रह गया है। तुमने क्या दी गई गोलियाँ नहीं ली?" तो रितु ने कहा, "ली तो थी डॉक्टर, पर मुझे कई दिनों से ज्यादा उल्टियाँ हो रही हैं, शायद इसीलिए पेट में सब खाया-पिया निकल जाता है।" तो डॉक्टर ने कहा, "अब हरी सब्ज्यिाँ ज्यादा लेनी होंगी। तुम्हारे शरीर में खून की कमी हो गई है और उल्टियाँ आए तो इस दवाई को लेते रहना।" जिसका नाम डॉक्टर ने पर्ची पर लिख दिया और कहा, "अपना ज्यादा ध्यान रखना, अगर तुमने हरी सब्जियाँ नहीं ली तो खून भी चढ़ाना पड़ सकता है। और सभी चीजें ठीक हैं।"

फिर हम वहाँ से चल दिए। मैंने रितु से कहा, "अपने खाने-पीने का ज्यादा ध्यान रखना।" रास्ते में मैंने एक केमिस्ट से दवाई ली। फिर हम घर आ गए और मम्मी से डॉक्टर की सारी बताई। मम्मी ने कहा, "अरे ये खाना तो ठीक खाती है, तो फिर खून की कमी कैसे हो गई?" मैंने मम्मी से कहा, "आज से आप इसका ज्यादा ध्यान रखना।" मैं खाना खाकर अपने कमरे में आ गया। रितु भी सोने चली गई।

सुबह मैं थैला भरकर हरी सब्जियाँ ले आया जिसमें गाजर, मूली, बंद गोभी, पालक, सरसों का साग था। रितु ने सब्जियाँ देखकर कहा, "इन्हें देखने भर से मेरा मन मचल रहा है, इसे खा कैसे लूँगी।"

मैंने कहा, "सब कुछ खाना है, नहीं तो खून की कमी कैसे पूरी होगी।" और

मैं अपने काम में लग गया। कुछ ही दिनों में अब रितु का पेट बड़ा हो गया। उसने बताया था कि उसके पैर में बहुत ज्यादा सूजन आ गई है। मैंने कहा, "मम्मी को इस बारे में बताना। छवि और समीक्षा के पेट में होने पर भी तुम्हारे पैर सूजे रहते थे।" तो रितु ने कहा, "इस बार ज्यादा सूजे हैं।"

"अब से तुम दवाइयाँ टाइम से लेना और खाने में सब्जियाँ लेते रहना।" तो उसने कहा, "ठीक है।" फिर मैं ऊपर चला गया। जहाँ मुझे पानी भरना था और दोपहर तक पानी भरता रहा। कोई चार घंटे बाद मैं सिगरेट पीते हुए नीचे आया, तो आते ही मैंने रितु को देखा जो उल्टियाँ कर रही थी। मैंने उसे उल्टियों के बाद पानी दिया और उससे कहा, "अब कैसा लग रहा है?" तो वह बोली, "पता नहीं सब्जियाँ देखकर ही मन मचलना शुरू कर देता है और उल्टियाँ हो जाती हैं।"

"तो फिर डॉक्टर के पास जाना होगा।"

"नहीं, ऐसे में उल्टियाँ होती रहती हैं, एक दो दिन में सब ठीक हो जाएगा, ज्यादा घबराने की बात नहीं है।"

"अरे अभी ठीक नहीं है तो आगे कैसे उल्टियाँ आनी बंद हो जाएँगी?" तो वह हँसी, "तुम तो थोड़ी-सी परेशानी में ही गंभीर हो जाते हो। तुम उल्टियों की फिक्र मत करो।" उसकी बात सुनकर मैं सामान्य हुआ और फिर दो-तीन घंटे सोने चला गया। क्योंकि मुझे आज रात को भी पानी भरना था। दो दिन से पानी नहीं आया था। इसलिए ठंड में भी ज्यादा पानी लगना था। जब मैं सोकर उठा तो अपने दोस्तों के पास चला गया। रात को मैं पानी भरने ऊपर गया। ऊपर जाते ही मैंने प्रिया को फोन किया, तो उसने फोन उठा लिया और कहा, "इतने दिनों बाद फोन किया, मुझे भूल ही गए थे क्या?"

"वह मैं घर के काम में दो-तीन दिन से फँसा हुआ था। और बताओ क्या कर रही हो?"

"कुछ नहीं, बस मैं तेरे फोन का इंतजार कर रही थी। रितु कैसी है? कल तो तुम उसे डॉक्टर के पास लेकर गए थे?"

"हाँ पर तुम्हें कैसे पता चला?"

"अरे तुम हरिद्वार आए थे तो तुमने ही तो कहा था।"

मैंने उससे कहा, "डॉक्टर कह रही थी कि उसमें खून की कमी हो गई है उसे अब ज्यादा हरी सब्जियाँ खानी होंगी।"

"क्या उसमें हिमोग्लोबिन की कमी है?"

"हाँ रिपोर्ट में हिमोग्लोबिन 7 आया है। अगर ऐसा ही चलता रहा तो रितु को खून चढ़वाना पड़ेगा।"

"उसे हरी सब्जियाँ दिया करो खाने में और डॉक्टर की दवायाँ भी उसे सही से देना। दवाइयों से भी हिमोग्लोबिन बढ़ जाता है।"

"पर सब से परेशानी की बात है रितु को अब रोज उल्टियाँ होने लगी हैं, उसका सब खाया-पिया बाहर निकल जाता है।"

"तुम ज्यादा फिक्र मत करो, सब ठीक हो जाएगा। उसे लगातार डाइट देते रहो। और तुम्हारे घर पर इंटीरियर डिजाइनिंग का काम कैसा चल रहा है?"

"अरे बड़ा परेशान हूँ, इस खट-पट से। सारा दिन यही सुनता रहता हूँ। अमित मजदूरों पर दबाव बनाए रहता है कि सारा काम पाँच महीने में पूरा करना है।"

"क्या–क्या काम हो गया है?"

"बस अभी तो पीओपी ही पूरी हुई है। अमित चाहता है कि काम बच्चा होने तक हो जाए।"

"तुम्हारे घर पर फॉल्स सीलिंग होने लगी है या नहीं?"

"नहीं हुई है, पुट्टी के बाद ही फॉल्स सीलिंग होगी। तुम अब क्या कर रही हो, बर्तनों की आवाज सुनाई पड़ रही है?"

"मैं कॉफी बना रही हूँ।"

"क्या तुम्हें कॉफी बगैर नींद नहीं आती है?" तो वह हँसने लगी और बोली, "ऐसा ही है, मैं रोज रात को कॉफी पीती हूँ।"

"तो तुम्हें भी रोज निकोटिन लेने की आदत है।"

"ऐसा कुछ नहीं है, कॉफी पीने से निकोटिन की आदत नहीं पड़ती है।"

"तुम कभी चाय नहीं बनाती हो, हमेशा ही कॉफी पीती हो?"

"हाँ, मुझे चाय में मजा नहीं आता है, मुझे कॉफी पीने की लत लग गई है।"

"तुम ही कहती हो, लत अच्छी चीज नहीं है। उसे तभी त्याग देना चाहिए। पर अपनी बारी में तुम कॉफी नहीं छोड़ती हो और मुझे सिगरेट बंद करने को कहती हो।"

"ये बुरी आदत है, तुम्हें सिगरेट से कैंसर हो सकता है, इसीलिए तुम्हें

सिगरेट छोड़ने को कहती हूँ।"

"तो मुझे कैंसर हो जाने दो, तुम्हारा क्या जाता है।"

"तुम नहीं जानते एक बार कैंसर हो गया तो जिंदगी के लिए भगवान से भीख माँगते रहोगे, पर कोई तुम्हारी जिंदगी बचाने के काबिल नहीं होगा।"

"कह तो सही ही रही हो, पर रोज सोचता हूँ, कल से सिगरेट छोड़ दूँगा। फिर अगले दिन यही सोचता हूँ कि कल से, ये कल कभी नहीं आता है। वैसे भी शायद मैं इस लत को कभी नहीं छोड़ पाऊँगा।"

"छोड़ो ये सब और बताओ तुम कब दिल्ली आ रही हो?" तो उसने कहा, "पता नहीं कब आ पाऊँगी।"

"क्या तुम मेरे होने वाले बच्चे की पार्टी में भी नहीं आओगी?"

"शायद नहीं आ पाऊँगी।" तभी उसने कहा, "कोई जाग गया है, अब फोन रखती हूँ।"

मैंने कहा, "ठीक है।"

समय भाग रहा था, अब डॉक्टर ने हमें बच्चे की डिलीवरी की डेट दे दी थी- नौ जनवरी। उससे पंद्रह दिन पहले डॉक्टर ने बुलाया। उन्होंने सारे टेस्ट देखे और कहा, "रितु को एक यूनिट खून चाहिए, इसका हीमोग्लोबिन नहीं बढ़ रहा है।" मैंने पूछा तो क्या हमें खून देना होगा। तो डॉक्टर ने कहा, "तुम्हारे घर से कोई भी खून दे सकता है, नहीं तो ओखला ब्लड बैंक से ले आओ।" मैंने पूछा, "कितने तक का एक यूनिट खून मिल जाएगा।" तो डॉक्टर ने बताया, "पंद्रह सौ से दो हजार रुपए तक में मिल जाएगा।" मैंने कहा, "मैं अभी जाकर ब्लड बैंक से एक यूनिट ब्लड ले आता हूँ।" तो डॉक्टर ने कहा, "तुम्हें ऐसे खून नहीं मिलेगा, तुम्हें मेरे द्वारा बनाए गए पर्चे को वहाँ दिखाने पर ही खून मिलेगा।" उन्होंने एक पर्चा बनाया, जिसमें उन्होंने कुछ लिखा और मैं रितु को डॉक्टर के पास छोड़कर गाड़ी से ओखला गया, जहाँ पर मैंने ब्लड बैंक का पता पूछा और वहाँ पहुँचा। वहाँ मैंने उस पर्चे को दिखाया और एक यूनिट ब्लड ले लिया। उन्होंने एक यूनिट ब्लड एक पाउच में थमा दिया। अभी सुबह के दस बजे थे। फिर मैं डॉक्टर साहब के क्लिनिक पर पहुँचा। वहाँ से मैं अस्पताल गया जो कि मालवीय नगर में था। वहाँ डॉक्टर ने एक यूनिट खून रितु को चढ़ाया। मैंने घर

पर नहीं बताया कि रितु को खून चढ़ रहा है, नहीं तो मेरी मम्मी शायद सुनकर बेहोश ही हो जाती।

एक यूनिट खून के चढ़ते ही हम फिर अस्पताल से घर जाने लगे, तो डॉक्टर साहब ने कहा, "एक दिन बाद तुम फिर से हीमोग्लोबिन चेक करवाकर यहाँ रिपोर्ट दिखाने आना।" मैंने कहा, "ठीक है डॉक्टर साहब।"

दोपहर हो गई थी, मैं अपने घर आ गया। आकर मैंने पानी भरा।

अठारह

कुछ ही दिनों बाद बच्चा होने का समय भी आ गया। डेट से तीन दिन ऊपर हो गए थे पर बच्चा नहीं हुआ तो डॉक्टर ने कहा, "अब हम बच्चा होने के लिए ज्यादा इंतजार नहीं कर सकते हैं। नहीं तो पेट में बच्चा ज्यादा पल जाएगा या बढ़ जाएगा। रात को ही रितु को डिलीवरी के लिए अस्पताल में भर्ती होना पड़ेगा। रितु को अरण्डी का तेल पिला देना, उससे छह घंटे में उसे डिलीवरी का दर्द होना शुरू हो जाएगा, फिर तुम अस्पताल ले आना।"

मैंने कहा, "ठीक है, मैं आठ बजे तक मालवीय नगर के अस्पताल में पहुँच जाऊँगा।" रितु को साथ लेकर घर आ गया। मैंने अरण्डी का तेल भी रास्ते में खरीद लिया था। मैं काफी डरा हुआ था, पर मैंने पहले भी इन हालात में दो बच्चों को होते हुए देखा था। घर पर मैंने मम्मी से कहा, "जरूरत की सभी चीजें लेकर सात बजे तैयार रहना और एक पैड का डिब्बा भी ले लेना। बच्चे की डिलीवरी आज ही होनी है।" मम्मी भी थोड़ी गंभीर हो गई। अब तक रितु ने अरण्डी का तेल पी लिया था, पर उसे दर्द अभी होना शुरू नहीं हुआ था। रात आठ बजे हम अस्पताल पहुँच गए।

कुछ कागजात की खानापूर्ति के बाद हमें एक रूम में भेज दिया। वहाँ रितु दर्द सहती रही पर बच्चा नहीं हो रहा था। उसे दर्द में देखकर मेरे आँसू निकल गए। डिलीवरी चार बचे तक भी नहीं हुई तो मैंने डॉक्टर से पूछा, "क्या बात है?" तो डॉक्टर ने कहा, "शायद ओल नार कहीं फँस गई है, अगर आधे घंटे में बच्चा नहीं हुआ तो सर्जरी करनी पड़ेगी।" मेरी मम्मी भी ये सुन रही थी।

तो उन्होंने कहा, "हमें बच्चा नॉर्मल डिलीवरी से ही चाहिए।" डॉक्टर ने कहा, "हम भी बच्चा नॉर्मल तरीके से ही चाहते हैं, पर कंडीशन ही ऐसी है, हम किसी की जान से नहीं खेल सकते।" तो मम्मी भी हालात समझ गई। रितु का

दर्द से बुरा हाल था। एक बार जब डॉक्टर आई तो रितु ने तंग आकर कह ही दिया "इस बच्चे को जैसे भी हो बाहर निकालो, दर्द असहनीय है।" तो डॉक्टर ने कहा, "बस अब सर्जरी की ही तैयारी है।" कोई पाँच बजे रितु को सर्जरी के लिए ले जाया गया।

मैंने भगवान से कहा, भगवान माँ और बच्चे दोनों की रक्षा करना। हम आधे घंटे तक ऑपरेशन थियेटर के बाहर खड़े रहे। तभी एक बच्चे की रोने की आवाज आई। मेरी मम्मी ने ऊपर सिर करके भगवान का शुक्रिया अदा किया। कोई पंद्रह मिनट बाद एक नर्स आई और मुझे कहा, "आप बच्चे के बाप बन गए हो।" उसने बच्चा मेरे हाथ में दे दिया।

मैंने मम्मी से कहा, "ये तो लड़की है।" तो वह गंभीर हो गई और बच्चे को देखकर मुस्कुराई। मैंने एक हजार रुपए नर्स को दे दिए। ये बच्चा लड़का ही था। पैसे पाकर नर्स बहुत खुश हुई। मैंने नर्स से कहा, "बच्चे की माँ कैसी है ?" तो वह बोली, "अभी बिलकुल ठीक है।" फिर हम बच्चे को लेकर रितु के रूम में गए। इस वक्त तक रितु ऑपरेशन थियेटर में ही थी। मेरी माँ बच्चे के साथ खेलने लगी। फिर मैंने देखा उनकी आँखों में आँसू आ गए। कुछ देर बाद वार्ड बॉय रितु को रूम में छोड़ गए। रितु को अब होश आ गया था। उसकी आँखों में आँसू थे। मेरी माँ बस सारे टाइम बच्चे को देखती रही।

मेरा भाई भी घर के सभी बच्चों के साथ अस्पताल में पहुँच गया था।

कोई दो दिन बाद रितु की अस्पताल से छुट्टी हो गई। मेरी दोनों बेटियाँ और मेरे भाई के बच्चों को बस मेरे बेटे से खेलने के अलावा कोई काम नहीं था। रितु के पेट के टाँके अभी नहीं कटे थे। तो एक दिन हम टाँके कटवाने के लिए अस्पताल गए। उस दिन से ही हमारे बच्चे और उसकी माँ को देखने रोज रिश्तेदार आने लगे। मेरे घर पर डंटीरियर का काम भी खत्म हो गया था। सब पहले बच्चे को देखते, फिर पूछते घर किसने डिजाइन किया और सुंदर घर की तारीफ भी करते। एक रिश्तेदार ने तो ये तक कह दिया कि तुम्हारा घर किसी महल से कम नहीं लगता है। फिर कुछ दिन में घर पर एक हवन रखा गया। बच्चे के दादा ने बच्चे का नाम भी रख दिया- "देबू"। रितु को नाम पसंद नहीं आया, पर दादा ने बच्चे का नाम रखा है, इसीलिए उसने इस नाम को अपना लिया। मेरे सास-ससुर भी बच्चे को देखने आए। हमने फिर एक दिन पंडित से कुआँ पूजन का दिन

निकलवाया। फरवरी की बीस तारीख का दिन कुआँ पूजन के लिए शुभ निकला।

कुआँ पूजन की विधि दिल्ली और हरियाणा में एक रस्म है। इसी दिन पार्टी भी की जाती है। तो घर पर आकर मैंने और अमित ने पार्टी की तारीख बताई। मैंने प्रिया को भी फोन पर पार्टी की तारीख बताई, पर उसने कहा, "मैं नहीं आ सकती हूँ पार्टी में।" घर पर पार्टी की तैयारी चलने लगी। हर कोई बच्चे को खिलाने में लगा रहता था और अक्सर रितु को चिढ़ाने के लिए मैं कहता था, "बच्चे के आने से इतनी खुश मत हो, एक दिन ये बड़े होने पर तुम्हें लात मारेगा।"

उसने कहा, "क्या तुम भी अपनी माँ के साथ ऐसा ही करते हो?" मैं चुप हो जाता।

जैसे-जैसे पार्टी का समय आने लगा तो उसकी तैयारी भी होने लगी। मैंने और अमित ने एक होटल में पार्टी के लिए बुकिंग करा ली। मेहमानों की लिस्ट बनाई। होटल में कहा गया था कि खाने की चीजें तो होटल में ही बनाई जाएँगी, पर दारू का इंतजाम तुम्हें खुद करना होगा।

हमने कोई तीन सौ लोगों की लिस्ट बनाकर होटल के स्टाफ को दी और शराब के लिए हमने एक लाइसेंस बनवाया। हमने पूछा कि दो सौ लोगों को पिलाने के लिए कितनी शराब की बोतलें मँगवानी पड़ेगी, साथ में बियर भी। तो होटल के स्टाफ ने कहा, "कोई आठ पेटी दारू और चार पेटी बियर तो अवश्य ही मँगवानी ही पड़ेगी। अगर कम पड़ी तो और भी रिजर्व में रखनी पड़ेगी। हमें जैसा होटल वालों ने कहा, हमने उसी तरह से सब किया।

मैंने अपने रिश्तेदारों और दोस्तों को फोन पर पार्टी में आने का न्यौता दिया। साथ ही मुनिरका और कई जगह भी फोन पर पार्टी में आने को कहा। फिर वह समय भी आ गया जब पार्टी होनी थी। बड़ी धूम-धाम से पहले तो गाजे-बाजे के साथ रितु ने कुआँ पूजा। जहाँ पर जाते हुए औरतों ने डांस किया। मैं और राज ये सब देख रहे थे। फिर उसके बाद रात को पार्टी की तैयारी की गई।

हम एक होटल में गए जो कि छतरपुर दिल्ली में था। पार्टी की पूरी तैयारी थी। हमारे सारे मेहमान वहाँ पहुँच गए थे। सभी ने पहले तो बच्चे को आशीर्वाद दिया फिर वे खाने और पीने की चीजों पर टूट पड़े। पुरुष लोग पीने में लग गए। मैं भी बियर पीने लगा। मुझे कंपनी देने के लिए राज, मनीष, पंकज थे। मैंने काले

रंग का कोट पहन रखा था। फिर मैंने देखा प्रिया का भाई भी आ गया। मैंने उसे भी पार्टी में बुलाया था। राज ने कहा कि तेरा साला आ गया है। मैंने एक मुस्कान के साथ विजय का स्वागत किया और उसे बार में ले गया। मैंने उससे विस्की के लिए पूछा तो वह बोला, "भईया में बियर पीता हूँ।" तो मैंने एक काँच के गिलास में बियर डलवाई। मैं उस पर अपनी पार्टी का इम्प्रेशन डालना चाहता था ताकि जब वह प्रिया के सामने पार्टी के बारे में बात करे तो उसके मुँह से निकले- वाह क्या पार्टी थी।

रितु का भाई भी मुझे मिला। वह मेरा असली साला था। उसने बच्चे के लिए महँगा खिलौना उपहार के रूप में दिया। सारी रात प्रोग्राम चलता रहा। रात को साढ़े ग्यारह बजे सभी पुरुष अपनी पत्नियों के साथ डांस करने लगे। उनके साथ बच्चे भी लग गए थे। कई लोग ऐसे भी थे जो पीने के बाद बिलकुल झंड (लड़खड़ाने) हो गए थे। रितु एक बड़ी-सी कुर्सी पर बैठी ये सब देख रही थी। मैंने और मेरे परिवार ने रात को एक बजे खाना खाया। तब तक सभी मेहमान घर जाने लगे थे। सभी ने खाना डेकोरेशन और सर्विस और हर चीज की बहुत तारीफ की। दो बजे जब सारे मेहमान चले गए, तो हम भी घर के लिए निकल पड़े। आज से रितु फिर से मेरे पास सोने लगी। मैंने और रितु ने पार्टी के सभी रंगों की बात की। रात चार बजे मैंने चाय बनाई। अभी तक सब सो गए थे। मेरे और रितु के सिवाय।

प्रिया का दूसरी बार आना

पार्टी को बीते डेढ़ साल हो गया था। मैं प्रिया के आने का इंतजार कर रहा था। पर वह दो साल तक नहीं आई, तो मैं ठगा-सा महसूस करने लगा। जब भी मैं प्रिया को आने के लिए कहता, तो वह यही कहती थी कि कुछ महीने के बाद आ जाऊँगी। पर न तो वह आई न ही उसकी परछाई। मैं बहुत उदास रहने लगा था। कुछ ही महीने में मैं प्रिया के फोन भी कम अटेंड करने लगा था। मैं अब उसे एक बुरे सपने की तरह भूल जाना चाहता था। इसीलिए कभी एक हफ्ते या दस दिन में उससे बात करता था। अब मैं महीने में तीन-चार बार बियर भी पीने लगा था। अक्सर राज की दुकान पर शाम को घंटों बैठा रहता था। मैं उसकी दुकान को सँभालने भी लग गया था। पर मैं अपनी उदासी के बारे में बात नहीं करता था

और न ही प्रिया के बारे में। मैं अक्सर पंकज की दुकान पर भी जाता था। जहाँ मैं प्रिया की याद मिटाने के लिए, उन लड़कियों को देखता था, जो सामान लेने आती थी। पर फिर भी अक्सर मैं उदास हो जाता था। तो पंकज कहता, "तुम अब कई महीने से बदले-बदले लगते हो।" तो मैं उससे कहता था कि अब मुनिरका में मेरा मन नहीं लगता है।

उसने एक दिन कहा, "कुछ महीने से हमने कोई मूवी नहीं देखी है, आज चलें।" मैंने उससे यही कहा, "मेरा मन नहीं है।" मैं किसी आवारा लड़के की तरह अपने लिए गर्लफ्रेंड ढूँढ़ता रहा। पर कोई लड़की मुझे पसंद नहीं आती थी। तो एक दिन मैंने अपने यहाँ रह रही एक लड़की से नाम पूछा। उसने कहा, आशा। मैंने फिर उससे मूवी देखने जाने को कहा, तो उसने हाँ कर दी। मेरे होश अब ठिकाने पर नहीं थे। मैंने उसे सुलतान मूवी देखने को राजी कर लिया था। तो एक शुक्रवार उसके साथ मूवी देखने के लिए निकला। उसने बातों-बातों में बताया कि तीन महीने में उसकी शादी होने वाली है। मैं सकते में आ गया कि तीन महीने में इस लड़की की शादी है, पर फिर भी वह मेरे साथ मूवी देखने के लिए कैसे आ गई। मैं उसके साथ वसंत कुंज के एमबीएंस मॉल में मूवी देखने गया। पर मैंने उससे ज्यादा बातें नहीं की।

जैसे ही मूवी शुरू हुई तो उसका फोन बजने लगा। वह हर बार फोन काट देती थी। मैंने उससे पूछा कि फोन किसका आ रहा है। तो वह बोली, "मेरे होने वाले पति का।"

"पर तुम्हारे कई बार फोन काटने पर भी वह फोन बार-बार क्यों कर रहा है?" वह बोली, "वह बहुत शकी मिजाज है, इसीलिए उसे लगा है कि मैं ऑफिस की जगह कहीं गुलछर्रे तो नहीं उड़ा रही हूँ। मैं अभी बाहर जाकर उससे बात करके आ रही हूँ, तब तक तुम मूवी देखो।" मैंने उससे कहा, "नहीं, अब मुझे मूवी नहीं देखनी, चलो घर चलते हैं।" तो आशा मुँह बनाकर मेरे साथ थियेटर से बाहर निकल आई। इस घटना के बाद मैंने उससे कभी बात नहीं की। मैंने उसे घर पर भी छोड़ा। मैं तो प्रिया को भुलाने के लिए उससे बात कर रहा था। लगा कि मैंने उसके साथ मूवी देखने से पाप कमा लिया। उस लड़की का मन भी कैसे कर गया मेरे साथ मूवी देखने का जबकि कुछ टाइम बाद उसकी शादी होने वाली है। मुझे लगा कि ये लड़की ऐसा कर सकती है तो प्रिया क्यों नहीं? शायद

प्रिया ने भी कोई ब्वॉयफ्रेंड बना लिया होगा। ये लड़कियाँ कितनी बेवफा होती हैं।

मैंने अब अपने लिए फ्रेंड ढूँढ़नी बंद कर दी।

उन्नीस

एक शाम प्रिया का फोन आया, मैंने फोन का नंबर देखकर फोन काट दिया पर वह बार-बार फोन करती रही तो हारकर मैंने फोन उठा लिया। तो फोन उठाते ही उसने कहा, "मुझे भूल गए क्या?" मैंने कहा, "ऐसा नहीं है, मैं किसी काम में बिजी था।" तो वह बोली "किस काम में?"

"यहाँ ऊपर एक पाइप टूट गया है, उसी को ठीक कर रहा था।"

"तुम और पाइप ठीक कर सकते हो?" मैंने सोचा फिर कहा, "ठीक तो प्लंबर कर रहा है, मैं तो उससे ठीक करवा रहा हूँ।"

प्रिया ने कहा, "हाँ मैं सब समझती हूँ। तुम कई महीनों से मुझसे बातें नहीं कर रहे हो। हर बार किसी न किसी बहाने से मुझसे बात नहीं करते हो। तो क्या तुम्हारे पास फोन करना बंद कर दूँ?" मैं थोड़ा डर गया कि वह बात करना बंद न कर दे। मैंने ऐसा तो नहीं कहा, पर मेरा अब ज्यादा बातें करने का मन नहीं करता है। "मैं चाहता हूँ कि तुम हफ्ते में एक या दो बार फोन किया करो। मेरे पास अब टाइम नहीं रहता है।"

"तुम कितने बदल गए हो। याद है, जब दो साल पहले मैं तुम्हारे घर से हरिद्वार गई थी तो कहते थे कि गाँव जाने पर मुझसे हर रोज तुम्हें बातें करनी होगी और अब मुँह फुला रहे हो।"

"पर तब की बात अलग थी। अब मैं क्या करूँ, मेरे पास अब बातें ही खत्म हो गई हैं तो कैसे तुमसे बात करूँ। तुमने पिछले दो साल में मेरे बारे में सब जान लिया है, मैं अब ज्यादा बातें नहीं कर सकता हूँ।"

"अगर तुम्हें मुझसे बात नहीं करनी है तो मैं ही तुमसे फोन पर बातें कर लूँगी, तुम बस फोन कान पर लगाए रखा करो।"

मैंने कहा, "मुझे फोन से चिढ़ होने लगी है।"

"मैं अब तुम्हारे बगैर नहीं रह सकता हूँ, अब मेरा मन बातों से नहीं भरता। तुम मुझसे मिलने दिल्ली क्यों नहीं आ रही हो ? कोई दो साल हो गए है, जब तुम यहाँ से गई थी। हरिद्वार में मिले भी बीस महीने हो गए हैं। अगर इस महीने तुम नहीं आई तो मुझे फोन मत करना।" तो प्रिया ने फोन काट दिया। मैंने भी उसे दुबारा फोन नहीं किया।

कई दिनों तक मैंने प्रिया के पास फोन नहीं किया और उसका भी कोई फोन मेरे पास नहीं आया। पर मैं चाहता था कि उसका फोन आए। पर वह रूठी ही बैठी रही। मैं किसी को मनाऊँ मेरा ऐसा स्वभाव नहीं था। इसीलिए मैंने भी प्रिया से बात करने की नहीं सोची। मैं और दिनों की तरह अपना काम करता रहा और प्रिया के फोन का इंतजार करता रहा। पर हफ्ता बीत गया, प्रिया ने फोन नहीं किया। मुझे लगा कि ये बवाल ज्यादा ही हो गया है। कई बार लगा कि मैं ही उसे फोन कर दूँ। पर मैंने फिर भी संकोच में उससे बात नहीं की। मैंने सोचा कि कभी तो वह मुझे फोन करेगी। जब भी हमारी लड़ाई होती थी मैं ही हर बार पहल करता हूँ। कई बार यह भी लगता था कि उसका चक्कर किसी के साथ चल गया होगा इसलिए उसने फोन करना बंद कर दिया। पर सोचता था ऐसा नहीं हो सकता है। नहीं तो वह उस लड़के के बारे में कभी तो बताती कि उसकी जिंदगी में कोई आ गया है। तभी मुझे याद आया उसने एक लड़के के बारे में मुझे बताया था जो कि उसके ही गाँव का था और पहले उसका ब्वॉयफ्रेंड था। हफ्ते और फिर महीना बीत गया, पर उसका फोन नहीं आया। मुझे लगा कि उसे मेरी कोई जरूरत नहीं रही। मैं भी अपने प्यार की उससे भीख क्यों माँगूँ, इसीलिए महीने बाद भी मैंने उसे फोन नहीं किया। शायद एक महीने बाद उसे भूलने भी लगा।

अब मैं अपनी दुनिया में मस्त रहने लगा। मैं अब रितु की तरफ खिंचने लगा तो कभी मैं अपने घर के बच्चों में मसरूफ रहने लगा। मैं उनके साथ ज्यादा वक्त बिताने लगा। मैं रितु से भी घंटों बातें करता था। मुझे पता नहीं चला कि प्रिया से बात किए एक महीने से अब दो महीने हो गए थे। एक दिन तो राज और पंकज के साथ सिनेमा हाल भी गया था। जहाँ हमने रास्ते में बियर पी। वहाँ से लौटकर फिर हम राजेंद्र के ढाबे में चिकन खाने गए थे।

तभी ढाई महीने बाद एक दिन आखिर में प्रिया का फोन आया। मैंने पहले तो फोन नहीं उठाया। पर उसके कई बार फोन करने पर मैंने घर के बाथरूम में

जाकर फोन उठाया। मैंने कहा, "हेलो", तो वह बोली नहीं, मेरे कई बार हेलो करने पर उसने कहा, "नाराज हो क्या?" मैंने कहा, "किसलिए? फोन न करने का तुम्हारा ही फैसला था, अब इसमें नाराज होने की क्या बात है।"

मैंने साँस लेते हुए बोला तो उसने कहा, "तुम अब कहाँ हो?"

"मैं बाथरूम से बात कर रहा हूँ।"

"क्या आज ऊपर पानी भरने नहीं गए?"

"आज शनिवार है, इसीलिए नहीं गया। आज तुम जानती हो रहीम पानी भरता है।"

"मैं अगले हफ्ते दिल्ली आ रही हूँ।" मैं कुछ देर के लिए सकपका गया। मेरे मन में प्यार हिंडोले मारने लगा। उसका यह कहना मेरे लिए तीर्थ हो आने जैसा था। तभी प्रिया ने बताया, "एक लड़का मुझे बड़ा तंग कर रहा है। मैंने इस बारे में घर में नहीं बताया है। वह अक्सर मेरा पीछा करता है। मैं उससे तंग आ गई हूँ। जब देखो वह मेरे रास्ते में जरूर मिलता है।"

"तो घरवालों को इस बारे में बताना चाहिए था।"

"मैं नहीं चाहती की मेरा भाई उस लड़के का भरता बनाए। इसीलिए मैंने उस लड़के के बारे में घर नहीं बताया।"

"तो फिर उस लड़के को एक दिन बात करके कह दो आज के बाद मेरा पीछा किया तो मैं पुलिस में रिपोर्ट करूँगी।" तो प्रिया ने कहा, "ठीक है। मैं उस लड़के से कल इस बारे में बात करूँगी और उसे एक बार चेतावनी दे दूँगी। पर तब भी वह नहीं माना तो क्या करूँ?"

"वह जरूर मान जाएगा, मैं निश्चित तौर पर कह रहा हूँ।"

मैंने फिर प्रिया से कहा, "मैं काफी देर से बाथरूम में हूँ। अब यहाँ की गर्मी मैं बर्दाश्त नहीं कर पा रहा हूँ। इसलिए फोन रख रहा हूँ।" उसने कहा, "एक किस के बाद।" तो उसने फोन पर किस किया। मैंने भी फोन को तेज आवाज में चूमा। मैं फिर अपने कमरे में आ गया। यहाँ रितु अभी देबू के साथ सो रही थी। लेटते ही मैं भी सो गया।

बीस

हफ्ता बीते नहीं बीत रहा था। मैं हर रोज हफ्ते से एक दिन काट रहा था तो फिर वह दिन भी आ गया जब प्रिया को आना था।

इस दिन मैं दोपहर को ही उसका स्वागत करने के लिए छत पर चढ़ गया पानी भरने के लिए और अपने काम में मसरूफ हो गया। मैंने प्रिया के नंबर पर फोन किया, पर वह स्विच ऑफ था। मुझे लगा कि शायद वह रास्ते में है। मैं शाम को पाँच बजे पानी भरकर घर आ गया। मुझे रात ग्यारह बजे भी पानी भरना था पर समय बीत नहीं रहा था। जैसे-तैसे समय बीता। तो मैं फिर से ऊपर चला गया। मुझे लगा कि इस वक्त प्रिया ऊपर ही होगी सभी किराएदारों के साथ, पर वह नहीं थी। सोचने लगा कि शायद वह आज नहीं आई है। वह कल आएगी। मैं छत से उतर जाना चाहता था पर मुझे पानी भी भरना था। ये काम मुझे काटने को दौड़ रहा था। पर पानी तो भरना ही था। नहीं तो बिल्डिंग में रह रहे कोई तीन सौ आदमियों को सुबह परेशानी होती। किसी को बाथरूम जाने के लिए, किसी को स्कूल जाने को, तो कोई ऑफिस जाने के लिए परेशान होता। इसीलिए मैं ऊपर ही रहा और टंकियों को भरता रहा। मेरा आज पानी भरने का बिलकुल दिल नहीं था। पर इतने लोगों को मैं परेशान नहीं कर सकता था। मैं बैठा-बैठा समय बिताने के लिए फोन पर गेम खेलता रहा। चाँदनी रात थी। सारी छत चाँदनी रौशनी में नहाई हुई थी। छत पर सब कुछ चमक रहा था। रात के एक बजे होंगे कि अचानक ही मुझे जीने से किसी के आने और परछाई का अनुभव हुआ। तो मैंने देखा प्रिया सफेद सूट पहने दो कप लिए आ रही थी। मेरी खुशी का ठिकाना नहीं रहा और मैंने मन-ही-मन भगवान का शुक्रिया अदा किया। जैसे-जैसे परछाई ऊपर आ रही थी, मेरे दिल की धड़कन बढ़ रही थी कि अचानक ही उसका चेहरा मुझे दिखा। वह पहले से ज्यादा हट्टी-कट्टी हो गई थी। लगता था वह

और जवान हो गई थी। मैं उसे देखते ही उसकी तरफ बढ़ा और उसके करीब आ गया। मैंने उसे गले लगा लिया। फिर वह दूर हो गई और मुझे देखकर मुस्कुराने लगी। हम दोनों के सिवा छत पर उस समय कोई नहीं था। मैंने फिर से उसे गले लगा लिया और उसके कंधे पर सिर रख दिया। उसने भी ऐसा ही किया। पर उसके हाथ में दो कप कॉफी थी कि तभी कॉफी छलक गई और उसने कहा, "जले तो नहीं?" मैंने कहा, "नहीं जला।" फिर मैं और वह छत पर रखी कुर्सी पर बैठ गए। मैंने उससे पूछा, "तुम कब आई थी हरिद्वार से?" उसने कहा, "मैं तो दोपहर को ही आ गई थी।" मैंने पूछा, "फिर दोपहर को ऊपर क्यों नहीं आई?" जिसका उसने कोई जवाब नहीं दिया। वह बस मुझे देखे जा रही थी और मैं उसे। कॉफी अब खत्म हो गई थी। मैंने उसके बाद फिर से उसे सीने से लगा लिया तो वह भी मुझे चूमने लगी। हम आपस में कुछ नहीं बोल पा रहे थे। पर एक-दूसरे को कभी किस करते, तो कभी जोर से बाहों में भरते। आखिर में मैं टंकी का पानी देखने चला गया। इस समय जब मैं फिर से वापस आया तो प्रिया ने मुझे बाहों में ले लिया। मेरे पास बात करने के शब्द ही खत्म हो गए थे। शायद उसके भी शब्द खत्म ही थे। मैं बार-बार पानी को देखता। जब पानी भर गया तो प्रिया से कहा, "अब मुझे घर जाना पड़ेगा और कल तुम मुझे दोपहर को भी मिलने जरूर आना।" उसने कहा, "ठीक है। मैं दोपहर को भी मिलने जरूर आऊँगी।" फिर मैं और वह गले लगकर घर चले गए।

अगली दोपहर जब मैं छत पर था तो वह मेरे से पहले ही छत पर थी। अब मैं उसे दिन में जादू की झपकी या गले नहीं लगा सकता था। तो मैंने उससे कहा, "तुम्हारी भाभी कब हरिद्वार के लिए चली जाएगी?"

"वह तो परसों यहाँ से दो महीने के लिए अपने घर चली जाएगी।" फिर वह बोली, "तुम्हारा बेटा कैसा है, मुझे देखना है।"

"अरे हाँ, तुमने तो देबू को देखा ही नहीं है। शाम को मैं उसे ऊपर लेकर आऊँगा।" तो उसने कहा, "अभी क्यों नहीं लाए?"

"वह अभी सो रहा है और दोपहर जो है। इसीलिए नहीं ला सकता हूँ। अब वह डेढ़ साल का हो गया है। वह सारे घर में भागता-फिरता है।"

"देखने में कैसा है?"

"ये तो तुम्हें देखने से ही पता चल जाएगा।"

"अच्छा अब घर जा रही हूँ। भइया आते ही होंगे।" मैंने कहा, "जैसी तुम्हारी मर्जी।" और वह चली गई। मैंने कहा, "छह बजे ऊपर आ जाना, मैं देबू को ऊपर लेकर आऊँगा।"

शाम छह बजे मैं देबू को लेकर ऊपर गया। जहाँ प्रिया छत पर थी। छत पर और भी लड़कियाँ थीं। उन्होंने मेरे बेटे को देखते ही कहा, "भइया ये आपका लड़का है?" मैंने कहा, "हाँ।" देबू इतने लोगों को देखकर कुछ डर-सा गया, पर थोड़ी देर में वह सामान्य हो गया। एक लड़की ने कहा, "कितना क्यूट है। इसका नाम क्या है?" मैंने कहा, "देबू।" तभी प्रिया उसे गोद में लेने लगी तो उससे पहले ही एक दूसरी लड़की ने उसे गोद में ले लिया। वह उसके साथ खेलने लगी। तो प्रिया ने मुँह बना लिया, कोई पंद्रह मिनट के बाद ही प्रिया देबू को गोद में ले पाई। गोद में लेने के बाद प्रिया ने देबू को चूमा और कहा, "बिलकुल तुम्हारे जैसा है। फर्क बस इतना है, तुम साँवले हो, ये गोरा है। अपनी माँ की तरह।" मैंने कहा, "मैं साँवला कहाँ हूँ?" तो वह हँसने लगी। "हमारे देश में गेहूएँ को भी साँवला कहा जाता है।" मैंने देबू को गोद में लिया और कहा, "अब मैं जाता हूँ।" और फिर मैं दूबू को घर ले गया।

मैं भी अब राज और पंकज को बताने बाहर चला गया कि प्रिया आ गई है। शाम को जब तक दोनों को ये नहीं बताया कि प्रिया आ गई है, मैं वापस नहीं आया।

घर पर आकर देखा तो देबू रो रहा था। घर के सभी बच्चे उसे चुप करा रहे थे, पर वह रोए जा रहा था। मम्मी ने पूछा, "आज इसे कहाँ ले गए थे? लगता है इसे नजर लग गई है।" मैंने मम्मी से कहा, "नजर-वजर कुछ नहीं होती है।" तो मम्मी ने कहा, "तू बस चुप कर और जब तक नजर न उतार लूँ, कुछ नहीं बोलना।" उन्होंने लाल मिर्ची ली और उसको देबू के सिर पर से सात बार वारा और उस मिर्ची को जलाया, कुछ ही देर में सूखी मिर्ची जल गई। तो मम्मी ने कहा, "इसको नजर ही लगी थी।" तो मैंने कहा, "तुम्हें कैसे पता चला?" तो मम्मी ने कहा, "जब नजर उतारी जाती है तो मिर्ची को जलाया जाता है, उससे अगर धास आए तो उसे नजर नहीं लगी है। अगर धास न आए तो उसे नजर है।" मैं सोच में पड़ गया कि मिर्ची से धास नहीं आई। और देबू अब चुप भी हो गया था। एक बार सोचा ये कैसे हुआ की मिर्ची से धास नहीं आई, जलाने

पर भी। पर लगा ऐसा नहीं हो सकता कि नजर नाम की भी कोई चीज होती है। इसका भी कोई वैज्ञानिक कारण जरूर होगा। फिर मैंने खाना खाया, देबू मेरे पास खेलता रहा और एक रोटी के छोटे टुकड़े का मजा लेता रहा। शाम को मैं फोन से वीडियो गेम खेलने लगा।

अब प्रिया मुझे शाम को और दोपहर को मिलने ऊपर आती थी। उसकी भाभी भी यहाँ से चली गई थी। जिसका प्रिया को डर था कि वह उसे पकड़ सकती थी। जब विजय स्कूल में होता था तो वह दोपहर को मिलने आती और रात को जब आती जब उसका भाई गहरी नींद में सो जाता था। हम छत पर दो कुर्सी पर बैठकर बातें करते रहते थे। गर्मियों के दिन थे फिर भी मैं घंटों छत पर बैठा रहता था, गर्मी में और वक्त बिताता था। एक दिन प्रिया मुझसे सटी हुई बातें कर रही थी, मैं भी उसका चुंबन ले रहा था तो प्रिया ने कहा, "इस किस से आगे बढ़ो।"

मैंने कहा, "खुले में?"

तो वह बोली, "हाँ खुले में।"

तो मैंने कहा, "इस काम को खुले में नहीं करते।"

"तो कैसे करते हैं?"

"कमरे में बंद होकर।"

"आज तुम भाई के जाने के बाद मेरे घर पर आ जाना।"

"नहीं आऊँगा, मैं प्यार करता हूँ, कोई गंध नहीं फैला सकता हूँ तुम्हारे साथ।"

वह हँसी और बोली, "गंध नहीं फैला सकते तो फिर पछतोओगे, फिर जाने मैं कब आऊँगी।"

मैंने कहा, "मुझे लगता है, तू अभी भी पछता रही है कि कैसा आशिक बनाया है।"

तो उसने मेरा मुँह बंद करते हुए कहा, "मेरा आशिक सबसे अच्छा है।" और एक किस मुझे कर दिया। मैं भी उसे होठों पर चूमने लगा और फिर मैं अपनी टंकियों को देखने लगा। तभी प्रिया खड़ी हुई और बोली, "मुझे अब ऊपर आने में डर लगने लगा है, लगता है कभी भईया को ये सब पता न चल जाए।"

"अरे डर किस बात का, वह अभी तक नहीं आया, अब क्या आएगा।" तो

वह मुस्कुरा कर बोली, "अब मैं जाती हूँ।"

"इतनी जल्दी?"

"हाँ, मैं नहीं चाहती कि भईया ऊपर आ जाए।" मैंने उसे फिर से चूमा और वह चली गई। मैं भी पानी भरकर घर की तरफ चल दिया। अभी रात के तीन बजे थे। मैंने घर पर आकर एक कप चाय बनाई और बिस्तर पर लेट गया।

ऐसे ही एक महीने तक हम दोपहर और रात को मिलते रहे। एक रात मैंने प्रिया को बताया, "दो महीने पहले मैं अपने यहाँ की एक लड़की के साथ सिनेमा देखने गया था।"

"तुम्हें कोई लड़की कैसे मिल गई? तुम तो शादीशुदा हो।" और वह हँसने लगी।

मैंने कहा, "आगे भी सुनो।"

"तुम्हें शर्म नहीं आ रही है? तुम अपनी गर्लफ्रेंड के सामने ऐसी बातें कर रहे हो?" और वह काफी देर तक हँसती रही। मैंने कहा, "आगे सुनो।" तो वह बोली "पहली बात तुम उसके साथ मेरे होते हुए सिनेमा क्यों गए थे?" इस पर मैंने कहा, "मुझे लगा था कि तुम अब नहीं आओगी इसीलिए किसी और लड़की से मैं अपनी तृष्णा मिटा लूँ। मैं उन दिनों काफी परेशान था, इसलिए भी, राज ने भी किसी और लड़की को ढूँढ़कर उसे अपनी गर्लफ्रेंड बनाकर अपनी उदासी शांत करने को कहा था। साथ में मैं डिप्रेशन से भी डरा हुआ था क्योंकि मैं बहुत उदास रहने लगा था।"

"तो फिर आगे बताओ क्या हुआ।" मैंने अपना गला साफ करते हुए कहा, "उस लड़की ने मुझे थियेटर में जाते समय बताया कि उसकी शादी तीन महीने बाद होने जा रही है।"

"वह करती क्या थी?"

"वह एक ऑफिस में रिसेप्शनिस्ट का काम करती थी।"

"फिर क्या हुआ?"

"मैंने उससे उसकी शादी की बात सुनकर आगे बात नहीं की, इसकी वजह थी उसका होने वाला पति। मैं नहीं चाहता था कि कोई पाप करूँ।"

तो प्रिया काफी देर तक हँसती रही। मैंने कहा, "इसमें हँसने की क्या बात है?" तो प्रिया बोली, "पाप!" और वह फिर से हँसने लगी। बहुत देर बाद वह

बोली, “फिर क्या हुआ ?”

“हम फिर थियेटर गए। मूवी थी सुल्तान। मैंने दो टिकट ली और मूवी देखने लगा कि तभी उसका फोन बजने लगा। उसने फोन को कई बार काटा पर कोई बार-बार फोन करता रहा। मैंने पूछा किसका फोन है तो वह बोली मेरे होने वाले पति का फोन है, बड़ा ही शक्की है वो।” तो प्रिया फिर से हँसने लगी। “शक्की पति और बेवफा पत्नी” और वह हँसती रही। फिर उसने कहा, “फिर क्या हुआ ?”

“तो आशा ने कहा- मैं अभी उससे बात करके आती हूँ। वह बाहर जाने लगी तो मैंने कहा कि मुझे मूवी पसंद नहीं आ रही है। फिर हम दोनों वहाँ से चल दिए। मैंने घर आते हुए उससे बात नहीं की।”

“जानती हूँ पाप हो जाने के डर से। मैं इतना तो तुम्हें समझ ही गई हूँ।” और वह मुस्कुराई। मैंने उससे पूछा, “तुम्हारा क्या मेरे जैसे किसी आशिक से वास्ता नहीं पड़ा ?”

“पड़ा था, मेरे स्कूल टाइम का एक दोस्त अक्सर मुझे मिलने अचानक ही आने लगा। मैं उसके साथ कई बार खेतों में जाती थी पर एक दिन उसने मेरा हाथ पकड़कर कहा- मैं तुमसे प्यार करता हूँ। मैंने उसे कुछ नहीं कहा, तो उसने सोचा इसका मतलब हाँ है, तो उसने मेरे गाल पर किस कर दिया। तब भी पता नहीं मैंने उसे कुछ क्यों नहीं कहा, तो उसने मेरे होठों को भी चूमा। फिर मैंने उससे वापस घर चलने को कहा, और फिर भी वह कई बार मेरे से मिलने घर आता रहा। एक दिन तंग आकर मैंने उसे घर आने को मना कर दिया। पर फिर भी वह बहाने से मेरे घर आता रहा। पर मैं उससे प्यार नहीं करती थी।”

“फिर क्या हुआ ?”

“उसने कहा था कि वह मेरे से शादी करना चाहता था और कुछ टाइम बाद मैं यहाँ तुमसे मिलने आ गई।”

सुनकर मुझे झटका लगा और मैं सीरियस हो गया। तो प्रिया ने कहा, “लड़के चाहे जितनी भी लड़कियाँ पटा लें, पर लड़की ऐसा करे तो लड़कों को साँप सूँघ जाता है।”

“मैंने ऐसा तो नहीं कहा कि तुमने जो किया वह गलत है।”

“तो चुप क्यों हो ?”

"मैं ऐसे ही चुप हो गया था। बस तुमने भी एक लड़के को चूमने दिया और मैं भी एक लड़की के साथ मूवी देखने गया था। हिसाब बराबर, पर तुम अपनी शादी तक अब मेरे अलावा किसी को मेरी जगह नहीं दोगी।" मैं इस समय अंदर से सुलग रहा था। पर मैंने इसे जाहिर नहीं होने दिया।

प्रिया ने कहा, "कितनी भी अपनी फीलिंग छिपा लो, तुम्हें कुछ तो सुनकर हो गया है।" मैंने भी स्वीकार कर लिया कि ये सब सुनकर मुझे तकलीफ हुई है। फिर प्रिया ने कहा, "अब मैं घर जा रही हूँ।" मैंने प्रिया से कहा, "मैं भी जाऊँगा और दस-पंद्रह मिनट रुक जाओ।" तो वह बोली, "नहीं, अब मैं नीचे घर पर जा रही हूँ।" तो वह चली गई। मुझे इस सबको सुनकर बड़ा अजीब लग रहा था, पर मैंने प्रिया से शादी नहीं कर रखी थी जो उससे लड़ता या बिगड़ता। मैं भी रात साढ़े तीन बजे घर आ गया और आकर मैंने सोचा, वैसे तो मैं सारी जिंदगी यही सोचता रहा हूँ कि लड़का और लड़की बराबर हैं, पर मैं तो किसी लड़की से रिश्ता रख सकता हूँ। पर रितु या प्रिया ऐसा करें तो मेरा तन-मन जलने लगता है। मैं आज भी एक आम आदमी की तरह ही अपनी पत्नी से ये स्वीकार नहीं कर सकता कि वह किसी और से प्यार करे। पर मैं करूँ तो कोई बात नहीं। शायद आज भी इस नए समय में आदमी ऐसे ही हैं। मैंने सोचते हुए एक कप चाय बनाई। मैं चाय को तब तक उबालता रहा, जब तक मेरे अंदर उठ रहा ज्वार शांत नहीं हो गया। तभी रितु उठी तो उसने कहा, "चाय को क्यों जला रहे हो?" उसने गैस बंद की। मैंने जली हुई चाय नहीं पी।

कुछ ही दिनों में सारी बिल्डिंग और आस-पास सबको पता चल गया कि मेरा चक्कर किसी लड़की से चल रहा है। मेरे घर पर बात पहुँची तो मेरे भाई अमित ने ही बात सँभालते हुए कहा कि राघव का चक्कर होता तो मुझे नहीं पता चलता। तो रितु ने उसकी बात पर यकीन कर लिया। पर रितु ने कहा कि राघव का ऊपर जाना अब बंद करवा दो। कोई मेहनती लड़का जो पानी भरने का काम कर ले उसे नौकरी पर रख लो। पर मैंने उसे मना कर दिया कि लड़का भी हफ्ते में एक या दो छुट्टी कर ही लेगा फिर मुझे ही पानी भरना होगा। मैं प्रिया से बिन मिले नहीं रह सकता था, इसीलिए मैंने ऐसा कहा था। जब पानी की समस्या का कोई हल न मिला तो रितु ने जिद्द छोड़ दी कि मैं पानी भरने न जाऊँ। उसने बस यही कहा कि कौन लड़की है, जो मुझे रात को मिलती है। तो मैंने कहा कि कोई

लड़की नहीं है, सब ऐसे ही बातें बना रहे हैं।

मुझे ये सब झूठ बोलकर बहुत बुरा लग रहा था। पर प्रिया से न मिलने से अच्छा यही झूठ बोलना ही ठीक लगा। मैं फिर भी ऊपर जाता रहा। तो एक दिन प्रिया ने कहा, "मैं तुम्हारे बिना नहीं रह सकती हूँ। तुम मुझसे शादी नहीं कर सकते हो?"

"नहीं मैं ऐसा नहीं कर सकता हूँ। मैं रितु और अपने बच्चों को नहीं छोड़ सकता हूँ।"

"तो क्या तुम दो बीवियाँ नहीं रख सकते हो? तुम मेरे साथ छुपकर शादी कर लो।"

"नहीं, मैं किसी केस में नहीं पड़ सकता हूँ। मैं रितु से भी इससे ज्यादा बेवफाई नहीं कर सकता।" मैंने मन में भगवान से कहा- 'भगवान मुझे इस उलझन से निकालो।'

प्रिया ने कहा, "ऐसा रास्ता निकालो कि साँप भी मर जाए और लाठी भी न टूटे।" तब मैंने बोला, "ऐसा कोई रास्ता नहीं है।" तो प्रिया उदास होकर मेरी कुर्सी पर पैर रखकर बैठ गई। उसका पैर मेरी गोद में था कि तभी अचानक ही वह उठ गई। मैंने कहा, "क्या हुआ?" तो उसने कोई जवाब नहीं दिया और वह मेरे पीछे किसी को देखती रही। मैंने पीछे मुड़कर देखा तो प्रिया का भाई विजय खड़ा था। मुझे एक बार लगा कि वह प्रिया को थप्पड़ मारेगा, पर उसने ऐसा कुछ नहीं किया और प्रिया से कहा, "चल घर चल।" तो प्रिया रूआँसा हो गई और जीने की तरफ भागती हुई नीचे जाने लगी। उसका इस तरह से जाना और भी डरावना लगा मुझे। मुझे लगा कि कहीं उसका भाई उसके साथ मार-पीट न करे। मैं पानी की टंकियाँ देखने लगा। प्रिया के भाई ने मुझे कहा, "आप शादीशुदा हैं, आपको ऐसी हरकत करते शर्म नहीं आती?" मुझे साँप सूँघ गया। मैं बोलना चाहता था कि हमारा रिश्ता ऐसा नहीं है, पर जुबान से कुछ नहीं निकला और मैं बेशर्मों की तरह सुनता रहा।

उसने कहा, "हम जैसे किराएदार मकान मालिक को अपना बाप मानते हैं, उनसे कोई बदतमीजी नहीं करते। जानते हो इंसान केवल ये इज्जत अपने बाप को देता है। मेरी बहन को जो आपसे दस-बारह साल छोटी है, उसके साथ ऐसा रिश्ता रखा, आपको तो उसे दूसरे आवारा लड़कों से बचाना चाहिए था। इस

बेशर्मी से तो एक लड़की से रिश्ता बनाने से तो अच्छा है।"

मैंने प्रिया के भाई से कहा, "मैं इस सबके लिए तुमसे माफी माँगता हूँ।" और वहाँ से चल दिया। तब तक उसका भाई भी वहाँ से चला गया। मैं भी उसके साथ जीने तक गया। जहाँ वेंटिलेशन के लिए छोड़े जाल के पास से सुनने की कोशिश की कि प्रिया से कोई मार-पीट या चीखना चिल्लाना तो नहीं हो रहा है। पर मुझे कोई आवाज नहीं आई तो मैं फिर पानी भरकर अपने घर आ गया। एक बार ऐसा भी लगा कि उसका भाई ये सब कहने मेरे घर न आ जाए।

इक्कीस

मैं घर आकर बहुत रोया। उसके भाई ने इतनी बेशर्मी से जो मुझे सुनाया था। मैं बेइज्जती में अपने आप को लानत दे रहा था। मैं उसके भाई से कहना चाहता था कि हमारा रिश्ता शुद्ध है, पर कुछ न कह सका। मैंने सोच लिया कि अब मैं कभी प्रिया से नहीं मिलूँगा और उससे सारे रिश्ते तोड़ लूँगा, पर अचानक ही मुझे प्रिया की याद आई, उसका क्या हाल हुआ होगा। वह अपमान में मरी जा रही होगी। क्या उसके भाई ने उसके साथ मार-पीट भी की होगी, नहीं ऐसा नहीं हो सकता। उसका भाई पढ़ा-लिखा है वह ये सब तो उसके साथ नहीं करेगा। तो क्या वह उसे धमका रहा होगा या उसे कोई भाषण सुना रहा होगा, जैसा कि स्कूल में टीचर करते हैं। वह भी तो टीचर ही है। सोचते-सोचते सुबह हो गई।

सुबह के पाँच बजे थे, रितु उठ गई और मुझे पूछा, "अभी सोओगे या चाय पियोगे?" मैंने उसे कोई जवाब नहीं दिया। तो वह बोली, "कहाँ खोए हो?" तो मैंने कहा, "मैं चाय पीऊँगा।" रितु चाय बनाने चली गई। मैं फिर बाथरूम में गया और कोई पाँच मिनट रोता रहा। फिर मैंने अपनी आँखें धोई और बाथरूम से बाहर आकर कमरे में बैठ गया तो रितु ने मुझे चाय दी और कहा, "आज छवि और समीक्षा की स्कूल की फीस भरनी है। स्कूल में दोनों के बारे में पूछकर आना कि इनकी पढ़ाई कैसी चल रही है।"

मैंने कहा, "ठीक है।" चाय पीने के बाद मैं नहाने चल दिया कि तभी कोई घर पर आया। मैं नहाकर बाहर आया, तो मैंने देखा सामने प्रिया का भाई खड़ा था। उसने पापा से कुछ कहा, फिर वह चला गया। मुझे लगा कि उसने पापा के सामने मेरी पोल खोल दी। मैं शर्म से आधा घंटा कमरे में बैठा रहा। तो आखिर में पापा से पूछने चला गया कि विजय क्या कह रहा था। तो पापा ने कहा कि वह कहने आया था कि घर खाली कर रहा है। तब मेरी जान में जान आई।

मैंने कहा, "अभी तो उसके किराए के पैसे बचे हैं। अभी वह घर क्यों खाली कर रहा है ?" पापा ने कहा, "जाने दो और कोई आ जाएगा। कौन-सा हमने उसे खाली करने को कहा है।"

मैं अपना मुँह बनाकर अपने कमरे में आ गया। तब तक छवि और समीक्षा स्कूल के लिए तैयार होने लगी थीं। मैंने अखबार लिया और उसे पढ़ने लगा, पर मेरा मन कहीं और था। कुछ देर में मैं छवि और समीक्षा को स्कूल छोड़कर आ गया। साथ में दोनों की फीस भी जमा करा दी। स्कूल से आने के बाद मैं सो गया। फिर मैंने रहीम से फोन पर कहा कि दो-तीन दिन तुझे पानी भरना होगा। वह बोला, "पर मैं कैसे भर सकता हूँ ? सुबह मुझे काम पर भी जाना होता है भइया।"

मैंने कहा, "तुम तीन दिन की छुट्टी ले लेना, मैं बीमार हूँ।" कई बार मना करने के बाद आखिर में वह मान गया। रितु सुन रही थी। उसने कहा, "क्या हुआ है तुम्हें ?" मैंने उसे कोई जवाब नहीं दिया और बिस्तर पर औंधे मुँह लेट गया। कुछ देर में फोन पर एक मैसेज आया, मैसेज प्रिया का था। उसने लिखा था, एक बार ऊपर आ जाओ। पर मैंने उसे कोई जवाब नहीं दिया और मैं सोने की कोशिश करता रहा। मैंने अपने-आप को अपराधबोध में पाया। मैंने आज खाना भी नहीं खाया था, पर फिर भी रितु ने मेरी तरफ कोई ध्यान नहीं दिया। मैंने अपने फोन को देखा जो मैसेज से भर गया था, उन मैसेजों में लिखा था "मेरे से बात करो", "मेरे से बात करो, एक बार", "एक बार फोन करो", "मैं जा रही हूँ, एक बार बात करो।" पर मैंने उसे कोई मैसेज नहीं किया। तीन दिन तक प्रिया के मैसेज आते रहे, पर मैंने रिप्लाई में मैसेज नहीं किया। मैं उसके मैसेज देखकर बस डीलीट कर देता था। उसने मुझे फोन भी किया, तो मैंने उसका नंबर ही ब्लॉक कर दिया। तभी उसने एक मैसेज किया। उसमें लिखा था- "मेरे पहले और आखिरी प्यार, मैं कल हरिद्वार जा रही हूँ। मैं बस आखिरी बार तुमसे मिलना चाहती हूँ। अगर तुम्हारे पास समय हो तो। मैं दस बजे छत पर तुम्हारा इंतजार करूँगी। तुम्हें अगर लगता है कि तुमने प्यार कर के मुझसे कोई गलती की है तो मत आना, मैं फिर तुम्हें भूल जाऊँगी।"

मैंने फोन में देखा अभी सुबह के नौ बजे थे तो सोचा आखिरी बार उससे मिल ही आता हूँ। मैं दस बजे ऊपर चला गया, ये सोचकर कि एक बार ही तो मिलना है, फिर वह चली ही जाएगी। मैंने छत पर जाकर देखा प्रिया रूआँसी

खड़ी मेरा इंतजार कर रही थी। उसने काफी कोशिश की कि वह मुस्कुराए और मुस्कुराने के चक्कर में वह रो ही पड़ी।

मैंने कहा, "मुझसे क्या बात करनी है?" तो वह बोली, "मैं अपने भाई की तरफ से तुमसे माफी माँगती हूँ। प्लीज पहले की तरह मुझसे बात करो।" तो मैंने कहा, "नहीं, अब ये सब मुझसे नहीं हो पाएगा और मेरे फोन पर मैसेज करना बंद कर दो, नहीं तो रितु को भी पता चल जाएगा।"

उसने कहा, "ठीक है, फोन पर बातें तो कर सकते हो! मैं कल हरिद्वार जा रही हूँ, तुम जानते ही होगे हमने तुम्हारा फ्लैट खाली कर दिया है।"

"सच में?"

"हाँ, सच में। मेरा प्यार सच्चा है, तुम्हें क्या लगता है। मेरे भाई की सोच और भाईयों जैसी है, वे नहीं चाहते कि उनकी बहन से कोई भी प्यार करे। मेरा प्यार सच में सच्चा है, तुम तो प्यार की तड़प जानते हो।"

"पर प्रिया तुम्हारी बात मानता हूँ। तुमने सच्चा प्यार किया है, पर तुम ये नहीं जानती की शादीशुदा आदमी से प्यार का मीनिंग ही बदल जाता है। तुम कहती हो मेरा प्यार सच्चा है, पर मेरे घर रह रही मेरी बीवी का प्यार क्या है?"

"तो इसका मतलब मैं तुम्हारी बीवी से कम प्यार करती हूँ। समझो मेरी भी फीलिंग, मैं तुम्हारे प्यार में जल रही हूँ। मैं तुमसे बस इतना ही माँग रही हूँ कि तुम मेरे हरिद्वार जाने के बाद भी बातें करते रहो।"

मैंने उसे कई बार मना किया पर वह मिन्नतें करती रही। तो आखिर में मैंने उससे हफ्ते में दो बार बात करने का वादा किया। उसने कहा, "अब मैं जाती हूँ, तुमने मुझसे दो बार बात करने का वादा किया है, अगर तुम्हारा प्यार भी सच्चा है तो तुम ये वादा नहीं तोड़ेगे।"

मैंने कहा, "ठीक है, ऐसा ही होगा।" फिर उसने बताया उसका नया घर राज की दुकान के पास पीली बिल्डिंग में है, फिर प्रिया हमारे घर की छत से चली गई। मैं उसे आखिरी बार देखकर अपने घर आ गया। रितु ने कहा, "खाना खाना है, कि बीमारी ठीक नहीं हुई?" मैंने कहा, "खाने से भी क्या बैर खा ही लूँगा।" और मैंने रितु के साथ भर पेट खाना खाया।

कई बार जिंदगी में प्यार को छोड़ना पड़ता है, जिससे तकलीफ बहुत होती है। पर नहीं चाहते हुए भी प्यार से बचा नहीं जा सकता। इसकी दवा का नाम

प्यार है और तकलीफ में भी प्यार ही है। इसीलिए तकलीफ वाला प्यार कभी भी नहीं अपनाना चाहिए। समय के साथ दवा वाला प्यार तकलीफ वाले प्यार को मिटा देता है।

प्रिया के जाने के बाद उसने एक हफ्ता मुझे फोन नहीं किया और मैंने भी नहीं किया। जब उसका एक हफ्ते बाद फोन आया तो मैं छत पर पानी भर रहा था। फोन आने पर मैंने फोन उठाया। उसने कहा, "क्या हाल है?"

"मेरा तो हाल ठीक ही हैं, तुम अपना बताओ। क्या तुम्हारे भाई ने घर पर मेरे बारे में कुछ बताया है?"

"नहीं, अभी तो नहीं बताया कुछ भी।"

"तो फिर तुम्हारे जल्दी घर जाने पर घर वाले कुछ नहीं बोले?"

"नहीं, भईया ने कह दिया था कि मैं दिल्ली में बीमार रहती थी, इसीलिए वह मुझे घर छोड़ने आए हैं।"

"तुम्हारा भाई कितने दिन हरिद्धार में रहा?"

"आज ही भईया दिल्ली लौटे हैं।"

"अच्छा, मैंने तुमसे उस दिन के बारे में नहीं पूछा, जब तुम्हारे भाई ने हमें देख लिया था। फ्लैट पर जाकर तुम्हारे भाई ने तुम्हें थप्पड़ मारा या धमकाया था?"

"उन्होंने मेरे से बात करनी बंद कर दी थी। इसके सिवा मेरे साथ उन्होंने कुछ नहीं किया।"

"तुम्हें कुछ कहा भी नहीं?"

"कुछ नहीं कहा उन्होंने। एक दिन खाना नहीं खाया था, पर जब अगले दिन मैंने उनसे खाना खाने के लिए कहा, तो उन्होंने खा लिया था।"

"क्या फिर भी उन्होंने तुमसे कुछ नहीं पूछा?"

"हाँ, ऐसा ही है, उन्होंने मुझे कुछ नहीं बोला, पर जब मैं दिल्ली रह रही थी तो उन्होंने मुझसे बात करनी बंद कर दी थी। इसके बाद जब मैं हरिद्धार अपने घर आ गई तो मुझसे सामान्य तरीके से बात करने लगे थे।"

"बड़ी बात है कि उन्होंने तुमसे कुछ नहीं कहा।"

"कहते भी क्या? हम दोनों सिर्फ बातें कर रहे थे और कोई हरकत तो नहीं

कर रहे थे।"

"अच्छा, और बताओ एक हफ्ता तुमने क्या किया?"

"किया तो कुछ नहीं, बस एक दिन हम सब घरवालों ने हरिद्वार में एक मूवी देखी थी। पापा को छोड़कर हम चारों भाई-बहन और मम्मी मूवी देखने गए थे।"

"कौन-सी मूवी थी?"

"उड़ता पंजाब। पर मेरे सिवा किसी को ज्यादा अच्छी नहीं लगी।"

"ये मूवी तो मैंने भी देखी है। मुझे तो पसंद आई थी। पर मेरे घर वाले ज्यादा चमक-दमक वाली मूवी पसंद करते हैं। जैसे सुल्तान।

"मुझे तो सुल्तान में कुछ पसंद नहीं आया, सलमान खान बस हर कुश्ती में जीतता ही रहता है।"

"तुम्हारे एग्जाम कब से हैं?"

"मैंने तो बताया ही नहीं है, अब उत्तराखंड से ही बी.ए. करूँगी। ये साल खराब हो गया है। मुझे बड़ा दुख है।"

"पर तुमने साल खराब क्यों किया?"

"अब तो हो गया साल बर्बाद, एग्जाम दिया तो भी पास नहीं हो पाऊँगी।"

"पर फिर भी तुम कोशिश कर सकती हो।" तभी टंकी से पानी बहने लगा, तो मैं टंकी का वाल बंद करने चला गया। प्रिया ने कहा, "तुमने कहा था कि जब मैं अगली बार दिल्ली आऊँगी तो तुम ऊपर कमरा बनवा लोगे?"

"हाँ तब तक तो बन ही जाएगा। पर अब क्या फायदा। तुम तो अब यहाँ नहीं रहोगी।"

"मैं फिर भी तुम्हारे पास आ ही जाऊँगी, तुम देख लेना।"

"तेरा भाई तो तुझे अब मेरे पास फटकने भी नहीं देगा।"

"घर पर कोई इतनी बड़ी बात नहीं हुई है कि वह ऐसा करे।"

"पर मैं जानता हूँ भाई ऐसा ही करते हैं। उनकी नजर अपनी बहनों पर चौबीसों घंटे लगी रहती है। अच्छा अब मैं रखता हूँ, पानी भर गया है।"

उसने कहा, "ठीक है, लव यू।" और फोन काट दिया।

कुछ महीने बाद मैं और राज बियर पीने के लिए उसकी दुकान में रात को बैठे थे। मैंने राज से कहा, "यार इतना समय हो गया है, पर प्रिया है कि दोस्ती

छोड़ नहीं रही है। हर बार जब भी मैं उससे बात बंद करने के लिए कहता हूँ तो वह रोने लगती है। मुझे अब उससे डर लगने लगा है, मैं अब उससे ब्रेकअप चाहता हूँ।"

"मैं भी तुमसे यही कहना चाहता था कि तुम अब उससे बातें बंद कर दो। तू अब उसका फोन मत उठाया कर, नहीं तो ये लड़कियाँ चेप हो जाती हैं। वह तुझे मोटा मुर्गा समझकर शादी के लिए दबाव बना सकती है।"

"हाँ, तुम ठीक कह रहे हो, वह एक बार मुझसे दूसरी शादी के लिए कह चुकी है। मैं उससे कैसे पीछा छुड़ाऊँ?"

"तुम अपना फोन का नंबर ही बदल लो, नहीं तो लेने के देने पड़ सकते हैं।"

"मैं तुम्हारी बात समझ सकता हूँ, पर मेरा दिल उसके रोने से पसीज जाता है। बताओ प्रिया जैसी लड़की अगर रोकर कहे कि मैं तेरे बैगर नहीं रह सकती क्या तुम्हारा मन नहीं पसीजेगा?"

राज ने आखिरी बियर की बोतल खोली और कहा, "सच में लड़की तो वह कमाल है। शायद वह तुमसे इसीलिए पटी है कि तुम्हारी माली हालत अच्छी है। नहीं तो मुझे तुम में कुछ खास नहीं लगता है।"

मैंने एक मुट्ठी पीनट लेते हुए कहा, "सच में मैं इतना बुरा दिखता हूँ कि लड़की मुझसे नहीं पट सकती?" तो राज बोला, "सच में ऐसा ही है।"

मैंने कहा, "तू तो जैसे कि परा लगता है।"

"ये परा क्या होता है?"

"परी का ब्वॉयफ्रेंड।" राज हँसने लगा। मैंने कहा, "खाना निकाल लो, बारह बज चुके हैं।" उसने खाना निकाला। मैंने राज से कहा, "सच में, मैं जिंदगी में किसी मुसीबत में नहीं पड़ना चाहता हूँ, मैं अब प्रिया को छोड़ना चाहता हूँ।"

"छोड़ना तो बहुत पहले था तुम्हें। पर अब क्या देर हुई है, अब भी तुम छोड़ सकते हो।" मैं सोचने लगा- क्या मैं उसे छोड़ सकता हूँ। मैंने राज से कहा, "मैं भी उसको शायद इतनी जल्दी नहीं छोड़ सकता हूँ, मुझे भी उससे बहुत प्यार है। अगर भूल भी जाऊँ तो ये साला फोन नहीं भूलने देगा। वह मुझे रोज कॉल कर देती है। अभी पंद्रह दिन पहले की बात है, मैंने उसे कहा कि मैं अब दोस्ती खत्म करके नयी तरह से जिंदगी जीना चाहता हूँ, तो वह रोने लगी और बोली कि मैं

क्या अब सुंदर नहीं लगती हूँ, तुम जो ऐसी बात कर रहे हो, या फिर तुम्हें कोई और लड़की मिल गई है, जिससे तुम ने दोस्ती कर ली है या करना चाहते हो?"

राज ने कहा, "इन सब झंझटों से पीछा छुड़ाने का एक ही तरीका है, तुम अपना नंबर ही बदल लो, कहो तो नया नंबर अभी दे दूँ।"

"अरे तुम तो अपना नंबर बेचने के लिए कह रहे हो।" तो राज हँसने लगा और बोला, "मैं तुम्हें एक नहीं दो नंबर फ्री में दे सकता हूँ।" मैंने चिकन साफ करते हुए कहा, "कोई और तरीका नहीं है? मैं नंबर नहीं बदल सकता हूँ।" वह बोला, "एक और तरीका है, पर तरीका आसान नहीं है, पर क्या तुम ऐसा कर सकते हो?"

मैंने कहा, "तरीका बताओ। मैं उसे छोड़ने के लिए हर काम कर सकता हूँ।" तो वह हँसा फिर कहा, "तुम अपने फोन से प्रिया का और उसके सभी नंबरों को ब्लॉक कर दो और मन को टाइट करके बस यही सोचते हुए उसे एक भी फोन मत करो कि मुझे अपना घर नहीं उजाड़ना है।"

मैंने थोड़ा सीरियस होते हुए कहा, "तुम सही कह रहे हो। मैं ऐसा ही करूँगा।" मैं अपना खाना खत्म करते हुए खड़ा हो गया और राज से कहा, "तुम मेरे सच्चे दोस्त हो, जो मुझे सही सलाह दी।"

मैं फिर वहाँ से प्रिया के नंबरों को ब्लॉक करता हुआ घर के लिए निकला। राज भी हँसता हुआ दुकान को बंद करके घर की तरफ चल दिया। अभी तक रात के एक बज चुके थे, तभी प्रिया की एक कॉल आई मैंने ब्लॉक नंबर पर देखा तो दूसरी भी आई, फिर कुछ देर बार तीसरी कॉल आई, फिर एक मैसेज आया तो मैंने फोन में देखा कि क्या लिखा है। लिखा था- तुम्हारा फोन क्यों नहीं लग रहा है? मैंने पहले तो मैसेज डिलीट कर दिया और फिर मैसेज बॉक्स से भी नंबर ब्लॉक कर दिया। तब तक मैं मुनिरका की सँकरी गलियों से होता हुआ घर आ गया था। मैंने अब सोच लिया था कि मैं अब प्रिया से कभी बात नहीं करूँगा। घर आते ही रितु ने कहा, "कहाँ थे इतनी रात तक?"

"मैं मूवी देखने गया था।" मैंने कहा।

"हाँ सब समझती हूँ, दो घंटे में कौन-सी मूवी खत्म होती है?" वह एक हॉलीवुड की मूवी थी इंग्लिश में। "हाँ, छवि की तो तुम इंग्लिश की किताब नहीं पढ़ सकते हो और बात करते हो इंग्लिश मूवी समझने की।"

"वह मूवी हिंदी में डब थी।"

"सच नहीं बोल सकते पीकर आए हो?" मैंने कोई जवाब नहीं दिया और बिस्तर पर लेट गया। वह फिर भी बकती रही, "तीन-तीन बच्चे हैं, और बाप कमाने के बजाये पीकर आता है।"

"मैं कौन-सा जुआ खेलकर आया हूँ, जो तुम कह रही हो, पीने में क्या खर्चा होता है, तीन-चार सौ। वे भी औरतें हैं जिसका पति पीता ही नहीं, मारता भी है, जुआ भी खेलता है। महीने में एक बार तो पी है।"

"सब समझती हूँ, तुम चाहते हो कि दूसरी औरतों जैसे बकरी की तरह मैं तुम्हारी चुपचाप गुलामी करती रहूँ। कल मुझे टेलर से सूट लाना है, पैसे दो।"

"मेरे पास पैसे नहीं हैं।"

"तो पीने के लिए कहाँ से आ गए?"

मैं फिर बिस्तर पर लेट गया।

बाईस

वर्तमान से चार साल बाद

मैंने मिलन अध्याय में लिखा है कि मैंने प्रिया का नंबर ब्लॉक कर दिया है, यह सोचते हुए कि प्रिया किसी और से बातें करने लगी है। अब आगे...

मैं रात को सो रहा था कि किसी अज्ञात नंबर से फोन आया। मैं समझ गया कि फोन प्रिया का है। मैंने वह नंबर भी ब्लॉक कर दिया, तो उसी नंबर से फिर से फोन आया, पर नंबर ब्लॉक था। प्रिया ने फिर मैसेज किया, "मेरे साथ तुम ऐसा व्यवहार क्यों कर रहे हो? अपने-आप को जला रहे हो और मुझे भी जला रहे हो। प्लीज नंबर ब्लॉक मत करो।"

मैंने फिर मैसेज बॉक्स से भी नंबर ब्लॉक कर दिया। मैं उस लड़के के बारे में सोचकर परेशान था जो कि प्रिया से बात करता था। मैं रात भर नहीं सोया और अपने कमरे से हॉल में जाता, फिर हॉल से अपने कमरे में चक्कर काटता रहा। मुझे किसी भी तरह आराम नहीं लग रहा था। सोचा प्रिया एक बार हरिद्वार चली जाए तो उससे मेरा पीछा छूटे। पर सोचा शांत रहो, वह तीन महीने के लिए आई है। दो महीने से तो ऊपर उसे आए हो गया, सब ठीक हो जाएगा। सारी रात घूम-घूमकर मेरे पैर दर्द कर रहे थे। सुबह बिस्तर पर लेटा और तुरंत नींद आ गई। जब जाकर इस जलन से पीछा छूटा। सोकर उठा तो मेरा भाई मेरे पास बैठा था। मैंने उससे कहा, "आज इस वक्त?" उसने बताया कि "वैसे तो पेट्रोल पंप के सारे पैसों का इंतजाम हो गया है, पर आखिरी चार लाख की हमें जरूरत है।"

"सच में?"

"हाँ सच में, बस चार लाख मिल जाए तो रजिस्ट्री कल करवा लें।"

"पर इतने पैसे तुमने कैसे पूरे किए?"

“अरे मैंने बताया था न कि लोन और उस कमेटी से पैसे पूरे हो गए। बाकी के अपने रिश्तेदारों से उधार माँग लिए।”

मैंने कहा, “हमारा अगले महीने चार लाख से ज्यादा किराया आ जाएगा।” वह हँसा, “उस समेत ही तो इतने पैसों को इंतजाम हुआ है।”

“हम फँस गए। अब चार लाख कहाँ से आएँगे ?”

अमित बोला, “जब तीन करोड़ आ गए तो चार लाख भी आ जाएँगे। एक तरीका है, पैसे इकट्‌ठे करने का।”

“क्या है ?”

“हम अपने घर पर रखे सोने के जेवरों से लोन ले सकते हैं। इसे भी लगा लिया था मैंने पहले ही।”

मैं और गंभीर हो गया। “हमारे पास अब एक तरीका है।”

“वह क्या ?”

“अपने वसंत कुंज के फ्लैट पर लोन ले लें।”

“वह भी ले लिया।”

“तो फिर अब कोई जरिया नहीं है, इन चार लाख की कमी पूरी करने का।”

अमित सीरियस हो गया और बोला, “मेरे क्रेडिट कार्ड से भी मैंने पैसे निकाल लिए हैं।” मैं मुस्कुराया और उससे कहा, “दो लाख का तो इंतजाम हो गया, मेरे पास भी क्रेडिट कार्ड में दो लाख की लिमिट है। हम उससे रजिस्ट्री के कागज खरीद सकते हैं।”

“हाँ तो दो लाख और कहाँ से आएँगे।” मैं गंभीर हो गया। “अब कोई रास्ता नहीं है, दो लाख पूरा करने के।”

अमित ने कहा, “तुम अपने साले से बात करके देखो।”

मैंने अपने साले को फोन किया। “और क्या चल रहा है।”

“कुछ नहीं बस वक्त काट रहा हूँ।”

“आजकल कहाँ पोस्टिंग है।”

“मैं मणिपुर में हूँ।”

“अच्छा एक बात बता, तेरे पास दो लाख का जुगाड़ है।”

“दो तो नहीं है। पिछले महीने आया था तो पापा ने प्लॉट ले लिया था।”

“तो तुम्हारे पास दो लाख नहीं हैं।”

"हाँ, मेरे बैंक में दो महीने की सैलरी है।"

"वह पैसे दे दो।"

"एक सैलरी तो अभी पड़ी है और एक अब एक तारीख को आ जाएगी। पर आपको पैसो की इतनी क्या जरूरत आ गई?"

"वह मैं बाद में बताऊँगा।"

"जब सैलरी आ जाए तो फोन कर देना, बल्कि मेरे बैंक के खाते में डाल देना।"

"ठीक है, जीजू।"

"अब मैं फोन रखता हूँ।" और फोन काट दिया। अमित जो बाहर कमरे में था, अब रूम में आ गया। उसने कहा, "बनी बात?" मैंने कहा, "आधी तो बन गई है।"

"आधी बात से मतलब?"

"दो में से एक लाख वह हमें देगा।"

"क्या उसके पास दो लाख भी नहीं थे?"

"थे तो, पर उसने पिछले महीने प्लॉट ले लिया था, जिससे उसके पैसे खर्च हो गए।"

"क्या रितु का कोई क्रेडिट कार्ड नहीं है, जिससे कुछ हो सके?"

मैंने कहा, "नहीं है।"

"कोई ऐसी सोने की चीज जिससे लोन हो जाए?"

"नहीं, सारे जेवर सेफ में हैं।"

"क्या राज और पंकज के पास भी पैसे नहीं हैं?"

"नहीं हैं।" अमित ने टपाक से कहा। तो मैं फटाक से बोला, "मम्मी के पास चाँदी की दो कड़ी हैं।"

"कड़ी क्या होती है?" अमित ने कहा।

"अरे वही जो पैरों में पहनी जाती है। वे कड़ी एक-एक आधा-आधा किलो की है, जो मम्मी ने सेफ में नहीं रखा है। साथ में उनके पास आधा किलो की पायल भी है।"

अमित उछल पड़ा, "बस बन गया काम, हम दोनों चीज बेच देंगे।"

मैंने कहा, "इस बात पर बना चाय।" वह हँसते हुए बोला, "अभी बनाता

हूँ।" और वह चाय बनाने चला गया। मैंने कहा, "इलायची और अदरक डालना बहुत सारी।"

तभी रितु बाथरूम से आ गई। अमित ने रितु से कहा, "भाभी चाय बना दो।"

"तो इतने खुश क्यों हो, कोई खजाना मिल गया?"

"हाँ, यही समझ लो, आप बस चाय बनाओ।"

अमित फिर मेरे पास आकर बैठ गया। हमने काफी देर तक बातें की। तभी अमित ने कहा, "अब अगले महीने कब रजिस्ट्री करवानी है, तय कर लो।" मैंने कहा, "पंडित से पूछना पड़ेगा।"

"फिर आज ही पंडित से पूछ आते हैं।"

"पर मम्मी को कौन समझाएगा, उनकी चाँदी बेचने के लिए?" मैंने गंभीर होते हुए कहा। अमित ने कहा, "ये सब मुझ पर छोड़ दो, अब गंभीर बनकर मुझे मत डराओ।" तभी रितु चाय बना लाई और बोली, "किस चाँदी की बात कर रहे हो।"

मैंने उसे सारी बात समझाई, फिर मैं नहाने चला गया। आया तो देखा अमित हॉल में बैठा था। मैंने उससे कहा, "पेट्रोल पंप कैसे चलता है, ये तो हम जानते नहीं हैं और उसे खरीद रहे हैं।"

"मैंने राज और पंकज से कह दिया है, पेट्रोल पंप को हम ठेके पर दे देंगे और जो भी पैसा आएगा, हम उससे पहले उधार को चुकाने में लगा देंगे। जब उधार चुकता हो जाएगा, तब इसे तीन हिस्सों में बाँट लेंगे।"

मैंने उससे कहा, "ठीक है।" और सिगरेट जलाने लगा। अब तक घर पर सुबह का नाश्ता बन गया था। रितु ने आवाज लगाई, "खाना ले आऊँ?" मैंने कहा, "अभी नहीं।" और वहाँ से उठ गया।

आज बच्चों के स्कूल की छुट्टी थी। इसलिए आज घर पर बहुत शोर-शराबा होना था। मैं फिर राज की दुकान पर चला गया। जहाँ प्रिया अपनी बालकनी में खड़ी थी। शायद मेरा इंतजार कर रही थी। पर वह मुझसे कुछ न कह सकी क्योंकि उसके भाई-भाभी घर पर थे। मैंने राज की दुकान पर आते ही कहा, "राज पेट्रोल पंप मिलने की बधाई!" वह बोला, "अरे मिल तो जाने दे, तब बधाई देना।"

"आज अमित के साथ जाकर पेट्रोल पंप की रजिस्ट्री की शुभ तारीख

निकलवा लेना।" उसने कहा, "ठीक है।" जब मैं घर आया तो देखा घर पर मम्मी ने हायतौबा मचा रखा था। वह रो रही थी। मैंने इसका कारण पूछा तो अमित बोला, "मम्मी अपनी चाँदी की कड़ी नहीं बेचना चाहती।" मैंने मम्मी से कहा, "मम्मी अगर ये चाँदी की कड़ी और तुम्हारी पायल नहीं बेची तो तीन करोड़ का नुकसान हो जाएगा।"

"तू चुप कर, ऐसी चाँदी क्या रोज खरीदी जाती है? सुनार तो इस सब को औने-पौने दामों में ले लेगा।" तो मैं हँसा। माँ ने कहा, "तुम अगले महीने आने वाले किराए में पेट्रोल पंप के पैसे पूरा कर लेना।"

अमित ने कहा, "वे पैसे लगा लिए हैं।"

"तो उससे अगले महीने पेट्रोल पंप के पैसे दे देना।"

मैंने कहा, "पर मम्मी, हम तीन महीने का बयाना दे चुके हैं। मम्मी अब इस चाँदी को बेचना ही पड़ेगा।" और मैं मम्मी की दशा को देखकर एक बार हँस पड़ा। मम्मी ने मुझे चप्पल मुझे मारा। और मैं इस बार न चाहते हुए बहुत तेज हँस पड़ा।

मम्मी ने पापा से कहा, "देखो कैसे बच्चे हैं हमारे। हम बूढ़ों को देखकर कैसे हँस रहे हैं।" तो पापा बोले, "अरे हमें ये सब क्या अपने साथ लेकर जाना है। जैसा बच्चे चाहें करने दे।"

मम्मी फिर भी चाँदी की कड़ियों पर रोती रही और हमारे बच्चों को समझ नहीं आया तो मेरी बेटी समीक्षा ने कहा, "क्या हुआ दादी, कहीं दर्द है क्या?"

मम्मी बिदक गई और बोली, "अगर मेरी बेटी होती तो इन लड़कों से अच्छी होती।" मैं अब तक चुप हो चुका था। लेकिन हर माँ की तरह वह भी मान गई। मैंने अपने भाई से कहा, "इन कड़ी के रेट आज ही सुनार से लगवा लेना नहीं तो अगर मम्मी का मूड बदल गया तो हम फिर से मुसीबत में पड़ सकते हैं।"

तेईस

कई दिन तक प्रिया के अलग-अलग नंबरों से फोन आते रहे। पर वह जब आते थे तब मैं अकेला रहता था। वह यह जानती थी कि मैं कब अकेला रहता हूँ, पर मैं भी जानता था जब ऐसे टाइम फोन आते थे। एक दिन जब मैं बाहर था तो एक फोन आया, जो प्रिया का था। मैंने उसे उठा लिया। फोन उठाते ही प्रिया ने कहा, "मैं तेरे लिए क्या पागल हो जाऊँ?" मैं उस फोन को काट ही देने वाला था कि वह बोली, "प्लीज फोन मत काटना, मैं तेरे बगैर नहीं रह सकती हूँ।" और फोन से सुबकने की आवाज आने लगी।

मैंने फोन नहीं काटा और प्रिया से कहा, "मैं अभी बिजी हूँ, थोड़ी देर में फोन करना।" तो वह बोली, "नहीं अगर तुमने फोन काटा तो मैं आज जहर खा लूँगी। जब मैं मर जाऊँ तो खूब मुझसे बातें करना।" मैं थोड़ा नरम पड़ गया और उससे कहा, "वह लड़का कौन है, जिससे तुम बात करती हो?"

"कौन लड़का? मैं किसी से बात नहीं करती।"

"पर मैंने उसे तुझसे बात करते कई बार देखा है।"

"अरे वो, वह तो मेरा भाई है।"

"कौन-सा भाई।"

वह बोली, "वह मेरे चाचा का लड़का है, मैंने तुम्हें बताया तो था, मेरे चाचा भी मुनिरका में ही रहते हैं।"

"सच में?"

"हाँ सच में।" मेरी खुशी का ठिकाना नहीं रहा और उससे कहा, "जानती हो राज और पंकज कह रहे थे कि तेरा चक्कर किसी और से चल गया है, मैंने इसलिए बात बंद कर दी थी।"

वह हँसते हुए बोली, "अच्छा, आज मैं तुमसे रात को मिलने आ सकती

हूँ?"

"तुम किसी और दिन आना। प्रिया, कब तक हम ऐसे ही बातें करते रहेंगे, कभी तो हमें ये सब छोड़ना ही पड़ेगा।"

उसने कहा, "नहीं ऐसा मत कहो, मैं तुम्हारे बगैर नहीं रह सकती हूँ और तुम हो कि मुझ पे शक करते हो। मैंने कभी किसी से इतना प्यार नहीं किया, जितना तुमसे। मैं तेरे एक बार कहने से तुम्हारी बिल्डिंग से कूद सकती हूँ, अगर जरूरत पड़े तो जान भी दे सकती हूँ। पर मुझसे बात बंद मत करना।"

मैंने कहा, "प्रिया, अगर तुम चाहो तो मुझे भुला सकती हो। बस मुझसे कई महीने बात मत करो। प्यार अपने-आप कम हो जाएगा। लेकिन तुम मुझे भूलना ही नहीं चाहोगी, तो कैसे भूल सकती हो।"

"पर मैं अपने सबसे अच्छे टाइम को कैसे मुसीबत समझकर भूल सकती हूँ? तुम ऐसा कर सकते हो, मैं नहीं कर सकती हूँ।"

मैंने टॉपिक बदलते हुए कहा, "अच्छा ये बताओ कि तुम्हारी बी.ए. हुई या नहीं?"

"हो तो गई, पर बी.एड. में मेरा नंबर आना मुश्किल है।"

"तो तुम कहीं और से बी.एड. कर लो।"

"मैं भी यही सोच रही हूँ। मैं कोचिंग लेना चाहती हूँ, जिससे मैं टीचर का टेस्ट पास कर सकूँ। सुना है दिल्ली में टीचर की जल्दी ही भर्ती निकलने वाली है? मेरा भाई भी अब बहुत पढ़ रहा है।"

"क्या वह कोचिंग नहीं ले रहा है?"

"उन्हें कोचिंग की जरूरत नहीं है, वे पास हो ही जाएँगे।"

"अच्छा अब रखता हूँ, रात के नौ बज गए हैं।"

उसने कहा, "तुम मेरी कसम खाओ कि आज के बाद तुम मेरा नंबर कभी भी ब्लॉक नहीं करोगे।"

मैंने कोई उत्तर नहीं दिया, पर फिर कहा, "कसम तो नहीं खा सकता, पर मेरी कोशिश रहेगी, ऐसा न करूँ।"

"पर कसम क्यों नहीं खा सकते हो?"

"पता नहीं जिंदगी में कैसा टाइम आए इसीलिए मैं कसम खाकर तुम्हें नहीं मार सकता हूँ।"

"अगर तुमने ऐसा किया तो मैं जिंदा नहीं रह पाऊँगी।" मुझे उसके ये बोलने से ही पता चल गया था कि वह अब रो रही थी। उसका गला भर आया था। मैंने उससे कहा, "पर रो क्यों रही हो?" तो उधर से रोने की सिसकियाँ बढ़ गईं। मैंने कहा, "अब रखता हूँ, घर जाकर खाना भी खाना है। सुबह से कुछ नहीं खाया है।"

वह बोली, "ठीक है।" और उसने फोन काट दिया।

अगले दिन रितु ने कहा, "तुम्हारे फोन पर इतने फोन कॉल कहाँ से आते हैं, सब के सब अलग-अलग नंबरों से?"

मैंने कहा, "पता नहीं, कौन इतने फोन करता है।"

वह मुस्कुराई और कहा, "चाय पीनी है?"

"हाँ, क्यों नहीं।" और वह चाय बनाने चली गई। मेरी समझ में नहीं आ रहा था कि वह फोन में क्या ढूँढ़ रही थी।

असलियत में उसे पता चल गया था कि कोई मुझसे छत पर मिलने आता है। ये बात उसे हमारी काम वाली ने बता दी थी और कहा था कि भईया से मत बताना कि मैंने ये सब आपको बताया है। तो रितु ने कहा था कि कोई दुबारा मिलने आए तो मुझे रात को ही फोन कर देना। काम वाली भी हमारे यहाँ किराए पर रहती थी।

तभी रितु चाय बनाकर ले आई। उसने एक कप चाय मुझे देते हुए कहा, "पेट्रोल पंप की आज रजिस्ट्री होनी है, जाकर नहा लो।"

मैंने कहा, "ठीक है जा रहा हूँ।"

नौ बजे तक मैं रजिस्ट्री कराने के लिए जाने को तैयार था। मैंने फिर खाना खाया और तभी अमित आया, उसने कहा, "ये चेक है ढाई करोड़ के साथ में ये बीस हजार रुपए कैश हैं, इसे किसी बैग में रख लो।" मैंने उसे बैग में रख लिया। बाकी के कागजात अमित ने रख लिए। फिर मैंने बाहर आकर अपनी कार स्टार्ट की तब तक राज और पंकज भी आ गए। फिर हम भीकाजी कामा पैलेस को निकले, रजिस्ट्री भी वहीं होनी थी। पेट्रोल पंप के नए मालिक, मैं, मेरा भाई, राज और पंकज चल दिए। इसमें हम तीनों तैंतीस-तैंतीस प्रतिशत के मालिक बनने थे। वहाँ पर कई घंटों तक रजिस्ट्री का काम हुआ। तीस लाख तो रजिस्ट्री में ही

लग गए थे। बाकी के पैसे हमने रजिस्ट्री के बाद पेट्रोल पंप के पुराने मालिक को दे दिए थे और फिर शाम को हम घर आ गए। घर पर इस दिन दीवाली जैसा माहौल था। घर पर अमित ढेर सारी मिठाइयाँ लाया था। अभी तक ये बात सिर्फ मुझे, राज और पंकज को ही पता थी। पर फिर हमने अपने बाकी के दोस्तों को भी बता दिया। उनके कहने पर ही हमने मिलकर छोटी-सी पार्टी दी, जिसमें शराब और खाने की चीजें एक रेस्टोरेंट से मँगाई थी। शराब भी महँगी वाली मँगाई गई थी। हमारे सभी दोस्तों ने हमें बधाई दी।

मैं और राज पंकज की छत पर खड़े थे। मैंने राज से कहा, "जानते हो वह जो लड़का था, जिससे प्रिया बात करती थी, वह उसका कजन था।"

"अच्छा उसका कजन था ?"

"हाँ, इसलिए वह उससे बात करती थी। मैंने तो उसके सभी नंबर भी ब्लॉक कर दिया था।"

"तो फिर क्या चाहते हो, प्रिया से शादी करनी है तुम्हें ?" राज ने कहा।

"मैंने ऐसा तो नहीं कहा।"

"तो फिर उससे रिश्ते तोड़ क्यों नहीं देते राघव ? ये बहुत ज्यादा हो गया है। कोई लफड़ा हो गया तो बाद में पछताओगे।"

"तुम्हारी बात मैं समझ रहा हूँ, पर जब भी मैं उससे कहता हूँ कि मैं तुमसे अब बात नहीं करना चाहता तो वह रोने लगती है। क्या करूँ ?"

"तो समझ ले उसका तो कुछ बिगड़ेगा नहीं, पर तेरा कल को घर खराब हो जाएगा।"

"मैं इसी चिंता में हूँ कि रितु को कुछ पता न चले, पर किया क्या जा सकता है!"

"राघव, समझो अब तो हमारे मोहल्ले के काफी लोगों को भी पता चल गया है। तुम उसे जल्दी छोड़ दो।"

"मैं भी यही चाहता हूँ, पर उससे बात तभी बंद की जा सकती है जब वह हरिद्वार वापस लौट जाए। तब मैं उसके सभी नंबर ब्लॉक करके बैठ जाऊँगा। वह वक्त सब से अच्छा रहेगा ये सब करने का।" हम एक-एक बियर खत्म कर चुके थे। मैंने अमित से कहा, "हमें दो बियर और चाहिए।"

अमित ने कहा, "ले जाओ।" तभी राज ने कहा, "तुम्हारी दोस्ती यानी कि

प्रिया और तुम्हारे प्यार के बारे में मेरी बीवी को भी किसी ने बता दिया है, उससे किसी ने कहा है कि तुम्हारे पति के दोस्त का चक्कर किसी लड़की से चल रहा है। वह रात को उससे मिलने छत पर आती है।"

"सच में ऐसा है ?"

"हाँ, सच कह रहा हूँ, ये बात सबको पता चल गई है। प्लीज अब तुम ये सब बंद कर दो।"

मैं थोड़ा गंभीर हुआ, "जैसे ही वह हरिद्वार जाएगी, मैं उससे बात करना छोड़ दूँगा।"

"पर अभी क्यों नहीं ?" राज ने बियर का गिलास गटकते हुए पूछा।

"क्योंकि अब उससे बात करना छोड़ भी दूँ तो वह मुझे दोबारा बात करने को तैयार कर लेगी।"

"तुझे एक काम तो करना होगा। तुझे उससे छत पर मिलना बंद करना होगा। तुम तो जानते हो तुम्हारी बीवी जब महीने में एक बार बियर पीने पर इतनी नाराज होती है, कभी ये सब पता चला तो क्या होगा। वह तुमसे तलाक ही ले लेगी।"

"मैं भी समझता हूँ, पर मैं भी प्रिया से दूर रहना बर्दाश्त नहीं कर सकता हूँ। मैं भी उससे प्यार जो कर बैठा हूँ।"

"तू पागल है, जो पागलों की-सी बातें कर रहा है।"

"अरे तेरे तीन-तीन बच्चे हैं, तू उनको छोड़ देगा ? अरे लड़कियाँ जिंदगी में आती रहती हैं, पर कोई अपना परिवार नहीं तोड़ता।"

"मैं भी जानता हूँ, पर मैं कौन-सा अपना परिवार छोड़ रहा हूँ। मैं तो उससे बातें ही तो कर रहा हूँ। कोई बीवी-बच्चे नहीं छोड़ रहा हूँ।"

"अरे एक दिन तुम ये भी कर सकते हो। लोग प्यार में अंधे हो जाते हैं। अभी भी वक्त है, संभल जा। मैं तो कई बार ये सोचकर हैरान रह जाता हूँ कि रितु जैसी लड़की को कैसे पता नहीं चला है, चार साल में।"

"ये तो तेरे दोस्त की अकल है, कोई और हो तो पता नहीं क्या हो।"

"पर उसे कैसे पता नहीं चला, मुझे बताओ।"

"मैंने प्रिया के नंबर को कभी सेव नहीं किया। साथ में उसकी कॉल का कोई डाटा, मेरे फोन में नहीं रहता है। मैं उसके फोन के आते ही कभी बाथरूम में तो कभी छत पर चला जाता हूँ। इसीलिए वह कभी जान ही नहीं पाई है कि

मेरे पास किसी लड़की का फोन आता है। मैं ज्यादा सतर्क रहता हूँ। साथ में जब वह मुझे ऊपर मिलती है तो मैं बिल्डिंग के दोनों जीने बंद कर देता हूँ। कोई आए तो पहले जीना खटखटाता है। साथ में मेरे पास ऊपर एक कमरा है, जिसमें ऊपर कोई भी छिप सकता है।"

"मुझे कई बार तुझे देखकर लगता है, मैं भी कोई लड़की पटा लूँ।"

"तो फिर पटाते क्यों नहीं?"

"टाइम कहाँ है, दुकान से!" मैं थोड़ा मुस्कुराया और राज से बोला, "बहुत बियर पी ली, अब नींद आ रही है। पर अब भी घर जाकर पानी भरना पड़ेगा।"

"तुम किसी को पानी के लिए रख क्यों नहीं लेते?"

"बस लगता है जिंदगी में कुछ तो करना चाहिए।" अभी तक सभी दोस्त जाने लगे थे। तो राज ने कहा, "मैं अब चलता हूँ। पर मेरी कही बातों को गंभीरता से लेना, नहीं तो तुम बुरे फँसोगे।"

मैंने कहा, "ऐसा कभी नहीं होगा, उससे पहले में बात करना छोड़ दूँगा।"

राज के साथ मैं भी घर के लिए निकल गया। साथ में अमित भी घर आ गया। पर रितु ने कुछ नहीं कहा, ये अजीब बात थी। रात के बारह बजे थे, मैं पानी भरने चला गया और रहीम से फोन पर कहा- 'पानी चला दे।' मैं राज की कही बातें सोचने लगा कि मैं शायद बुरा फँसूँगा। मैंने दिमाग में डाल लिया कि प्रिया के जाते ही मैं उससे फोन पर बातें करना छोड़ दूँगा। मुझे उससे बातें करके शादी थोड़ी करनी है। मैं अपने काम में मसरूफ हो गया। नहीं जानता था कि तूफान मेरी जिंदगी में आ गया है।

चौबीस

रात को प्रिया का कॉल आया तो मैंने फोन उठाया, तो प्रिया ने कहा, "क्या हाल है?" मैंने कहा, "ठीक हूँ, तुम कैसी हो?"

"मैं भी ठीक हूँ।"

"और बताओ तुम हरिद्वार जाने वाली थी।"

"अभी नहीं जा सकती हूँ। मैंने तुम्हें नहीं बताया था कि मेरी भाभी माँ बनने वाली है। इसलिए जब तक उनको बच्चा नहीं होगा, मैं यहीं रहूँगी।"

"पर तुम्हारी पढ़ाई का क्या होगा?"

"पढ़ाई तो मैं यहाँ भी कर सकती हूँ।" मेरे अरमान पानी में मिल गए। मैं उससे राज की चेतावनी के बाद अब बात नहीं करना चाहता था।

प्रिया ने कहा, "चुप क्यों हो गए? क्या तुम मेरे यहाँ रहने से परेशान हो?"

मैंने कहा, "नहीं ऐसा तो नहीं है। अच्छा तुम्हारी भाभी को कब बच्चा हो जाएगा?"

"बस नवंबर तक।"

मैंने सोचा नवंबर तक मेरा उससे पीछा नहीं छूटेगा। मैंने पूछा, "तब तक तुम यहाँ क्या करोगी?"

"असलियत में डॉक्टर ने कहा है कि भाभी को बेड रेस्ट की जरूरत है, नहीं तो भाभी और बच्चे के साथ बुरा हो सकता है। उनको जीने में भी आराम से चलने को बोला है।"

"अच्छा, तो तुम घर का सारा काम करती होगी।"

"हाँ, करना तो पड़ेगा ही।"

"अब तुम्हारी भाभी कहाँ है?"

"कहाँ होगी, दूसरे कमरे में सो रही है।"

मैंने कहा, "तुम इस खाली टाइम में क्या करती हो?"

"मैं दोपहर को और रात को तीन-चार घंटे पढ़ती हूँ। पर आज तुमसे मिलने का मन कर रहा है। क्या मैं तुम्हारी छत पर मिलने आ सकती हूँ?"

"नहीं बिलकुल नहीं, तुम्हारे भाई को पता चल सकता है।"

"वे दूसरे कमरे में सो रहे हैं। मैं तुमसे मिलने अभी आ सकती हूँ। भाई को मेरे जाने से पता भी नहीं चलेगा।"

"ऐसा मत करना।"

"पर मैं तुम्हें मिलना चाहती हूँ, प्लीज आने दो, मैं एक घंटे में वापस चली आऊँगी, सिर्फ एक घंटे की तो बात है। मैं सच कह रही हूँ, भाभी भईया को तो पता भी नहीं चलेगा।"

मेरा भी अब प्रिया से मिलने का मन कर रहा था। तो मैंने उससे कहा, "ठीक है, पर कोई लफड़ा हुआ तो जिम्मोदारी तुम्हारी होगी।"

उसने कहा, "ठीक है, मैं आ रही हूँ।" और उसने फोन काट दिया। वह दस मिनट में ही ऊपर आने लगी। जीने से किसी के आने की आवाज आ रही थी। पर उसकी आवाज से नहीं लग रहा था कि वह डरी हुई है। वह तो ऐसे आ रही थी कि कोई बड़ी बात नहीं है। शायद हमारे किराएदारों को भी रात को दो बजे किसी के छत पर जाने का पता चल गया था। उसके ऊपर आते ही, मैंने दोनों जीनों को ऊपर से बंद कर दिया। जैसे ही मैं उसके पास गया, तो उसने मुझे बुरी तरह से बाहों में भर लिया। इसके लिए में तैयार नहीं था। मैंने प्रिया से कहा, "तुम कुर्सी पर बैठ जाओ।" तो वह छत के कमरे के बाहर कुर्सी पर बैठ गई। वह काफी सुंदर लग रही थी। उसने काला सूट पहन रखा था। हाथ में चूड़ियाँ थीं। उसके गले में सोने की एक चैन थी। माथे पर काली-सी छोटी-सी बिंदी थी। उसको देखकर लग रहा था कोई अप्सरा या परी हो। मुझे अपने-आप पर बड़ा गर्व हो रहा था कि वह मुझसे प्यार करती है। लगता ही नहीं था कि वह दो बजे सोकर आई हो। वह तो श्रृंगार करके आई थी। मैंने उससे कहा, "बहुत सुंदर लग रही हो।" तो वह मुस्कुराई और बोली, "चलो कमरे में चलते हैं।"

मैंने कहा, "नहीं कुछ हो गया तुम जैसी नाजुक लड़की को तो?" तो वह हँस पड़ी। "तुम बड़े अजीब लड़के हो, तुम्हारी गर्लफ्रेंड कह रही है कमरे में जाने के लिए और तुम ना कह रहे हो।"

मैंने उसे कोई जवाब नहीं दिया और उसे देखता ही रहा। फिर उससे कहा, "मेरे पास कोई प्रोटेक्शन नहीं है।" तो वह बोली "मैं कौन-सा तुम्हारे बच्चे की माँ बनना चाहती हूँ।"

"पर तुम तो मेरी दी हुई गोली भी नहीं लेती हो।" तो वह हँसी, "मैंने तुम्हें उस दिन मजाक में कहा था कि मैंने आई पिल गोली नहीं ली।"

"तुमने गोली ली थी?"

"हाँ, ली थी। मैं तो तुम्हें देख रही थी कि तुममें कितना दिल है।"

"तो फिर क्या पाया मेरे दिल में?"

"बड़े डरपोक लड़के हो।" और वह हँस पड़ी। थोड़ी देर बाद वह बोली, "मैं तेरे पर कोई शादी-वादी का दबाव डालने नहीं आई हूँ।"

"तो फिर किसलिए आई हो?"

"वह मैं तेरे साथ रात बिताने आई हूँ। मैंने सोचा तुम्हारे बारे में, तुम शादीशुदा हो और तुम मेरे लिए अपना घर क्यों बर्बाद करो। तुम्हारे तीन बच्चे हैं, तुम बिलकुल ठीक हो, जो तुम मुझसे शादी नहीं करना चाहते हो।" उसकी आँखों से लग रहा था कि वह काफी गंभीर थी। मैंने सुनकर उसके गाल पर एक किस किया, तो उसने भी मेरे गाल पर चुंबन दिया और मेरे गले लग गई और कहा, "चलो कमरे में चलते हैं।" पर मैंने मना कर दिया तो वह कुर्सी पर ही बैठी रही। मैं भी अपने काम को देखने लगा फिर मैंने कहा, "भगवान मुझे अगर फिर से शादी के टाइम में ले जाए तो मैं तुमसे ही शादी करता।"

"पर अब क्या फायदा जब चिड़िया चुग गई खेत।" और वह हँसने लगी। फिर उसने कहा, "तुमने नहीं बताया कि तुमने पेट्रोल पंप खरीद लिया है?"

"मैंने कौन-सा अकेले लिया है, हम उसके तीन मालिक है, पर तुम्हें पेट्रोल पंप के बारे में किसने बताया?"

"अरे बात तो आग की तरह फैली है। मुझे तो ये भी पता है कि इसकी कितनी कीमत तुमने चुकाई है।"

"फिर भी किसी ने तो बताया होगा।"

"मेरे जो पड़ोस में किराएदार रहता है, उसने बताया है।"

"अच्छा बात इतनी फैल गई है।"

"हाँ, इतनी ही, आज तुम्हारी पार्टी भी थी। कितनी पी है? तुम जब घर लौट

रहे थे तो चुपके से मैंने तुम्हें देखा था बिलकुल डल लग रहे थे।"

"अरे एक ही तो बियर पी थी बस।"

"तुम सच क्यों नहीं बोल रहे हो? ऐसा लग रहा था कि पूरी शराब की बोतल पी हो।"

"अच्छा, एक घंटा हो गया है तुम अब घर जाओ, तुम्हारे भाई को पता चल गया तो?"

"नहीं अभी नहीं, पंद्रह मिनट बाद जाऊँगी।"

मैंने कहा, "ठीक है, अगर फँस गई तो क्या करोगी?"

"करूँगी तो कुछ नहीं, भगवान से प्रार्थना करूँगी कि आज कुछ न हो।" और वह खड़ी हो गई और मुझे भी खड़ा होने को कहा। फिर वह मेरे गले लग गई, मुझे चूमने लगी। पहले तो गालों को, फिर होठों को और दस मिनट तक मुझे चूमती रही। मैंने उसे रुक जाने को कहा, पर वह मान नहीं रही थी। ऐसा लग रहा था कि जैसे वह मुझे कई साल बाद मिली हो। तभी मेरी नजर जीने पर गई। जीने की मोमटी की मैंने साँकल लगा रखी थी पर मोमटी में एक खिड़की थी, जो खुली थी। वहाँ नजर गई तो रितु खड़ी थी। उसका चेहरा बिलकुल लाल हो रहा था। मैं सकपकाया-सा उसे देखता रह गया। प्रिया ने भी रितु को देख लिया था। एक बार लगा वह ऊपर आकर प्रिया को पीटेगी पर उसने ऐसा कुछ नहीं किया। वह जीने से उतरने लगी, मैं भी उसके पीछे-सीढ़ियों से तेजी से चल दिया। वह बहुत तेज कदमों से उतर रही थी। मैंने प्रिया पर बिलकुल ध्यान नहीं दिया कि वह कब वहाँ से गई या नहीं। मैं तो रितु का पीछा करते हुए घर आ गया। वह सीधा बिस्तर पर गई और तेज-तेज रोने लगी। मैं समझ नहीं पा रहा था कि उसे क्या कहूँ। मैं भी फिर बिस्तर पर लेट गया। मैंने सोचा कि ये सही वक्त नहीं है उससे बात करने का, पर फिर भी मैंने कई बार उस पर हाथ रखा। पर उसने मेरा हाथ झिड़क दिया। वह एक घंटे तक रोती रही। फिर वह कमरे से बाहर चली गई। पर मैं उसके कमरे से बाहर जाने पर थोड़ा घबरा गया कि वह आत्महहत्या की कोशिश न कर रही हो। पाँच मिनट बाद बाहर आकर देखा तो रितु चाय बना रही थी। मैं उसके पास खड़ा हो गया और बेशर्मी से बोला, "क्या हुआ?" पर उसने अपने पास से मुझे धक्का दे दिया तो मैं दोबारा बिस्तर पर चला गया और चाय का इंतजार करने लगा और सोचने लगा कि उससे क्या झूठ बोलूँ, जिससे

वह समझ जाए की गलती मेरी नहीं थी। जब काफी देर हो गई, वह चाय लेकर नहीं आई तो मैंने बाहर आकर देखा, रितु चाय पी रही थी। उसने मेरी चाय नहीं बनाई थी। मैंने उससे कहा कि गलती मेरी नहीं थी। बोलते ही वह वहाँ से चली गई। जहाँ मेरे पापा भी चाय पी रहे थे। मैंने सोचा कि यहाँ पर बात करना ठीक नहीं है। मैं जानता था कि अगर पापा को इस बारे में कुछ पता चला तो बचपन की तरह वह मुझे थप्पड़ मारने लगेंगे। इसीलिए मैं बिस्तर पर जाकर लेट गया। कुछ देर में लेटे-लेटे मुझे नींद आ गई।

सोकर उठा तो रात के दस बजे थे। तभी मुझे पिछली रात याद आई, तो मैंने अपना सिर पकड़ लिया। बाहर आकर देखा तो चारों तरफ अँधेरा था, लाइट नहीं आ रही थी। मैं हॉल में इधर-उधर घूमने लगा। वहीं अँधेरे में देखा तो रितु रो रही थी। मैंने उससे हाथ जोड़कर कहा, मुझे माफ कर दो। पर उसने कोई जवाब नहीं दिया। मुझे बहुत तेज भूख लगी थी। इसीलिए मैं हॉल से रसोई में गया, तो पता चला कि मेरे लिए खाना नहीं बनाया गया था। मुझे जो भूख लग रही थी, अब वह गायब हो गई। मैं गहरी चिंता में पड़ गया। अब मैं दोबारा नहीं सो सकता था। कल चार बजे सुबह से मैं सो रहा था। मुझे पानी भी भरना था। तो याद आया आज शनिवार है। रहीम को पानी भरना था। तो थोड़ी राहत मिली कि इस टेंशन में मुझे पानी तो नहीं भरना पड़ेगा। फिर चाय के लिए गैस पर बर्तन चढ़ा दिया कि तभी लाइट आ गई तो देखा मेरे और रितु के अलावा मेरे पापा ही घर पर थे। मैंने रितु से पूछा सब कहाँ गए हैं, उसने मुझे कोई जवाब नहीं दिया। तो मैंने पापा से पूछा तो वे बोले कि सब नए खरीदे पेट्रोल पंप को देखने रोहिणी गए हैं। मैंने पूछा कब गए थे, तो वह बोले शाम को सात बजे। मैंने पूछा कि आपने खाना खा लिया तो पापा बोले वे ही रास्ते में लौटते हुए खाना लाएँगे। फिर मैं वापस अपने कमरे में आ गया। रितु का मेरे से न बोलना मेरे लिए कोई आफत का संकेत था। नहीं तो जितनी भी मेरी और रितु की लड़ाई हो जाए, हमारी बोल-चाल बंद नहीं होती थी। कोई ग्यारह बजे घर के सब लोग घर आए और साथ में इडली और डोसा लाए, पर मेरी भूख मर गई थी। इसीलिए मैंने खाना नहीं खाया। पर रितु ने भी कुछ नहीं खाया। रितु सब बच्चों को दूध देकर हॉल में सोफे पर लेट गई। मैं सारी रात उसका इंतजार करता रहा कि वह कमरे में आ जाए, पर वह वहीं सोफे पर सो गई। मैंने सारी रात जागकर काटी और सुबह दस बजे का इंतजार करने

लगा कि राज से सलाह ले सकूँ कि मुझे अब क्या करना चाहिए, क्योंकि उसकी दुकान दस बजे खुलती थी।

जब दस बज गए तो मैं राज के पास गया। और दुकान में बैठ गया। यहाँ दुकान पर बहुत से कस्टमरों की सुबह से ही लाइन लगी हुई थी। मैंने राज से कहा, "मुझे गंभीर बात करनी है।" पर वह अपने कस्टमरों में ही लगा रहा। एक बार तो लगा मैं वापस लौट जाऊँ पर सोचा राज ही इस आफत से निकालेगा। मुझे पंद्रह मिनट हो गए थे, पर वह अपने कस्टमरों पर ही ध्यान दे रहा था, तो आखिर में मैंने ही उस पर चिल्लाते हुए कहा, "मैं तेरे से कोई गंभीर बात करना चाहता हूँ, पर तू है कि मेरी बात पर ध्यान नहीं दे रहा है।"

वह मुस्कुराया और कहा, "थोड़ा सब्र कर।" कुछ देर में वह खाली हो गया। मैंने उसे सारी बात बताई।

"अरे मैंने पहले ही कहा था, फँस जाएगा, हुआ ना वही।" मैंने हाँ में सिर हिला दिया। वह बोला, "उसे कैसे पता चला कि रात को प्रिया आई है?"

मैंने इस बारे में पहली बार सोचा, मैंने कहा, "पता नहीं, उसे कैसे पता चला।"

"तुम्हारे भाई ने तो नहीं बताया?"

"अरे वह नहीं बता सकता और मम्मी पापा और बच्चों को इस बारे में खबर नहीं लग सकती, नहीं तो बात मेरे तक पहुँच जाती।"

"तो वह किसी किराएदार से बात करती है?"

"नहीं ऐसा नहीं हो सकता है, वह किसी से बात नहीं करती है।"

"कोई एक-दो दिन पहले घर आया हो, जिसने उसे ये गंभीर बात बता दी हो?"

"याद आया, एक काम वाली है, जो जीने के पास रहती है, वह हमारे घर में काम करने आती है।"

"तो वही है, हंड्रेड परसेंट, क्योंकि वह जीने के पास रहती है, उसी ने बताया है।"

"उससे क्या हमारी समस्या सुलझ सकती है?" तभी दुकान में दो और कस्टमर आ गए। राज ने जल्दी से उन्हें निपटाया फिर वह बोला, "पूरी आस्तीन की साँप है वो।"

"तो बता मैं अब क्या करूँ, सोचकर बता।" तो वह दो मिनट चुप रहा। फिर उसने कहा, "तुम्हें मालूम है कि वह कितनी देर से मोमटी की खिड़की से तुम्हें देख रही थी?" इस बारे में भी मैंने नहीं सोचा तो राज ने कहा, "बुरा फँसाया है, काम वाली ने।"

"अरे छोड़ो उसे, अब क्या किया जा सकता है।"

"अरे राघव सोचने दे हरामन ने बुरा फँसाया है तुम्हें।"

"मैंने रितु से माफी भी माँगी थी, पर उसका कोई जवाब नहीं आया।"

"सुन, अक्सर लड़कियाँ माफी माँगने पर ज्यादा रियेक्ट करती हैं, तू उससे पहले तो अब दोबारा माफी मत माँगना, नहीं तो वह तुझ पर चढ़ जाएगी। उससे बिलकुल भी बातें मत कर, जब तक वह बात न करे।"

"ठीक है।"

"और उसे भड़का भी नहीं। किसी लड़के को भी रख ले जो रात और दिन में पानी भर दे।"

"ठीक है।"

"जब वह तुझसे बात करने लगे, तब तुझे माफी माँगनी है।"

"समझ गया।" मैंने कहा, "पर वह तलाक की बातें करने लगे तो?"

"नहीं कोई भी लड़की ऐसा नहीं कर सकती कि पहली गलती पर ही तलाक की सोचे, उससे ये कहते हुए माफी माँगना कि ये उसकी पहली और आखिरी गलती है।"

मैंने कहा, "ठीक है, पर अगर वह अपने घर चली गई तो मेरा ससुर तो डंडा लेकर मेरे घर आ जाएगा। ऐसा तो नहीं होगा?"

"नहीं ऐसा नहीं हो सकता कि वह अब घर जाए। उसे जाना होता तो वह कब की चली जाती। अब वह अपने घर नहीं जाएगी और याद रख हिम्मत से ही इस परेशानी से निकला जा सकता है। साथ में उस काम वाली पर भी नजर रख। कहीं वह रितु को कोई पट्टी न पढ़ा दे।"

"मैं समझ गया।" तभी और कस्टमर भी दुकान पर आ गए, तो मैं पंकज की दुकान पर सिगरेट पीने चला गया। पर मैंने उसे इस बारे में कोई बता नहीं की। सिगरेट पीकर मैं फिर घर आ गया और अपने कमरे में बैठ गया, तो काम वाली भी मुझे घर पर काम करती हुई मिली। मैं उसे घूरकर देख रहा था। पर वह आँखें

चुराती रहती और ऐसा दिखती रही कि कोई बात नहीं हुई हो जैसे।

ये सब हुए एक हफ्ता बीत गया पर रितु ने मुझसे बात नहीं की। घर पर भी मेरी कारस्तानी का सबको पता चल गया। रितु ने हफ्ता बीत जाने पर भी मेरा खाना नहीं बनाया था। बात तो दूसरी बात थी। मैं रितु को जानता था, वह मुझसे एक-दो हफ्ते तो क्या जिदंगी भर भी बात नहीं करने वाली थी।

एक दिन दो हफ्ते बाद प्रिया का फोन आया। मैं इस समय घर पर था। पानी नहीं भर रहा था। उसके लिए हमने एक लड़का रख लिया था। मैं प्रिया का फोन उठाने बाथरूम में गया। मैंने प्रिया से कहा, "अब मुझे फोन मत किया कर।"

वह बोली "ठीक है, नहीं करूँगी। पर ये बताओ उस दिन क्या हुआ था?"

"उस दिन के बाद रितु ने मुझसे बात नहीं की है।"

"अब तो उन बातों को दो हफ्ते हो गए हैं।"

"हाँ, अब वह मेरे लिए खाना भी नहीं बनाती है।"

"तो फिर क्या खाते हो?"

"कभी समोसे तो कभी भूखा ही सो जाता हूँ।"

"क्या वह अपने लिए भी खाना नहीं बनाती है?"

"वह भी मेरी तरह कभी-कभी ही खाती है। अच्छा, बस उसके अलावा कुछ मत पूछना और आज के बाद भगवान के लिए मुझको कभी फोन मत करना।"

"ठीक है, सॉरी मैं अपने-आप को इस सब के लिए दोषी मानती हूँ, अब मैं तुम्हारे पास कभी फोन नहीं करूँगी लेकिन तुम्हारे बीच सुलह हो जाए तो मैसेज जरूर कर देना।"

मैंने कहा, "ठीक है, अगर ऐसा जिदंगी में हुआ तो।"

"तो नौबत यहाँ तक आ गई है कि वह तुमसे कभी बात तक नहीं करेगी?"

"हाँ, मैं जानता हूँ उसे करीब से, वह कभी बात नहीं करेगी और ये बात गाँठ मार लो कि जिंदगी में कभी भी मेरे पास फोन मत करना, नहीं तो मेरा मरा मुँह देखोगी।" तो मुझे प्रिया की रोने की आवाज आई। उसने शायद काँपते हुए होठों से कहा, "ठीक है, मैं अब कभी फोन नहीं करूँगी। मुझे माफ कर देना। मैं नहीं जानती थी कि नौबत यहाँ तक आ जाएगी।"

मैंने फोन को काट दिया और बाथरूम से बाहर आ गया। मैंने बाहर आकर देखा तो रितु बाथरूम के बाहर खड़ी थी। मुझसे उसने निकलते ही कहा, "मैं

तुझ से नफरत करती हूँ।"

"पर मैंने उसे कहा, रितु मैंने उससे आखिरी बार ये कहने को फोन उठाया था कि जिंदगी में मेरे पास फोन मत करना।"

रितु ने कहा, "मैं सब जानती हूँ, क्या बात की होगी, कि मैं कब मर रही हूँ या अपने घर जा रही हूँ। पर मैं तो तेरी छाती पर पैर रखकर यही तेरे सामने रहूँगी।"

मैंने रितु से कहा, "मुझे माफ कर दो।" पर वह वहाँ से हॉल में चली गई और मैं अपने कमरे में आ गया। ये सोचते हुए कि कुछ तो बात हमारे बीच हुई। मैंने दो कप चाय बनाई जिसमें एक कप रितु के लिए थी और उसे देने पहुँच गया। मैंने जैसे ही उसकी तरफ चाय का कप दिया, उसने चाय को हाथ मारकर फर्श पर गिरा दी। मुझे बहुत गुस्सा आया। पर मैं अपने गुस्से को पी गया और फर्श से चाय को पोछने लग गया। सुलह की मेरी कुछ जो उम्मीद बँधी थी, वह भी अब नहीं रही। मैं अब ये सोचकर पछता रहा था कि उस दिन जब प्रिया आई थी तो मैंने उसे आने से मना क्यों नहीं किया। अगर वह नहीं आई होती तो शायद ये सब नहीं हुआ होता। फिर सोचा ऐसा अब न होता तो फिर कभी और होता। मुझे ही प्रिया से बात करनी बंद कर देनी चाहिए थी। नहीं तो ये नौबत नहीं आती। मैं जानता था कि अब रितु मुझसे कभी नहीं बोलेगी और ये भी जानता था कि वह रुकी भी इसलिए थी कि उसके तीन बच्चों का क्या होगा। मैं उसको जानता था। अब वह मुझे कभी नहीं अपनाएगी। मुझे अपनी काम वाली पर भी गुस्सा आ रहा था। पर तब तक भी मैंने उसे कुछ नहीं कहा था। यह सोचकर कि कहीं बात और न बिगड़ जाए। पर जब भी काम वाली काम करने आती मैं उसे घूरकर देखता रहता था। पर वह ऐसे दिखाती थी कि जैसे कोई बात ही नहीं हुई है। घर पर भी मुझसे से कोई बात नहीं करता था। जैसे मैं खलनायक हूँ। मैं बच्चों के साथ सारा दिन खेलता रहता था। इसके अलावा मेरे पास कोई काम नहीं था, जो मैं काम करता। पानी भरने का काम भी मैंने बंद कर दिया था। मैं बच्चों के साथ कभी घर-घर खेलता तो कभी छुपम-छुपाई। देखते-देखते एक हफ्ता और बीत गया। पर रितु ने मुझसे कोई बात नहीं की और अभी भी उसने मेरा खाना बनाना शुरू नहीं किया।

मैं एक दिन फिर से राज की दुकान में गया और राज से कहा, "तीन हफ्ते

गुजर जाने पर भी रितु ने मेरे से बात नहीं करी है।"

वह थोड़ा गंभीर हुआ और बोला, "शायद उसे बहुत ठेस पहुँची है, पर तू उसे मनाने की कोशिश कर। अभी उसका जख्म हरा है, उससे बस यही कह कि आज के बाद ऐसा कभी नहीं करूँगा और तुम्हारे प्रति वफादार रहूँगा।"

"पर वह मेरी तरफ देखती भी नहीं, बात तो दूर की बात है।"

"अच्छा ऐसा है, पर वह चाहती क्या है, उससे पूछ सकता है तो पूछ।"

"पता नहीं वह क्या चाहती है। मुझे तो अपना घर खराब होता लग रहा है, कोई तो रास्ता निकाल।" राज पाँच मिनट चुप रहा फिर बोला, "शायद तू जितना उसके साथ रहेगा, वह उतना ही तेरे से चिढ़ती रहेगी। तू उससे दूर रहकर देख, शायद वह फिर तेरे से बात करने लगे।"

"कोई फायदा नहीं होगा, वह मुझसे बात नहीं करेगी।" मेरी आँखों से आँसू झलकने लगे। मैंने उन्हें पोछते हुए कहा, "शायद रितु मन में कोई फैसला करना चाहती है या वह तलाक के बारे में सोच रही है। देख लेना रितु ऐसा भी कर सकती है। मैं जब से उसके पास हूँ, वह ऐसे फैसले सोचकर ही करती है।"

"नहीं ऐसा नहीं हो सकता।" राज ने दृढ़ता से कहा, "वह तेरे से तलाक का फैसला नहीं ले सकती है। तू अब घर जा और सुबह मेरी दुकान पर आना। मैं कुछ सोचकर तुझे सलाह दूँगा।"

अभी रात के ग्यारह बज चुके थे। मैं फिर अपने घर आ गया, जानता था कि मुझे आज भी खाना नहीं मिलेगा। मैंने रसोई में जाकर देखने की कोशिश भी नहीं की। तभी मम्मी आई और बोली, "तेरा खाना रखा है।" तो मैं बड़ा खुश हुआ की शायद रितु ने खाना बनाया था। मैंने मम्मी से पूछा क्या रितु ने बनाया है, तो मम्मी ने ना में सिर हिला दिया। मैं समझ गया खाना मम्मी ने बनाया था। मैं खाना खाकर मम्मी के कमरे में चला गया और अपनी माँ के पास बैठकर रोने लगा। जिस पर मम्मी ने कहा, "बेटा, चुप हो जा तुझे ये सब करने से पहले सोचना था।"

"मम्मी मैं पश्चाताप की आग में जल रहा हूँ।" और उनके कदमों पर सिर रख दिया और कहा, "मम्मी अब क्या होगा, मेरा घर खराब हो जाएगा।"

"अरे ऐसा कुछ नहीं होगा और इस बारे में कुछ मत सोच, कुछ दिन में रितु फिर से बात करने लगेगी।"

"पर मैं रितु को करीब से जानता हूँ, वह ऐसा कभी नहीं करेगी। इतना तो आठ साल में उसे जान गया हूँ।"

"तू इतना भावुक मत हो, वह जानती है कि उसके तीन बच्चों का क्या होगा और जाकर सो जा।" पर मैं आधा घंटा मम्मी के पास बैठा रहा। कुछ देर में मम्मी भी रोने लगी। मुझे लगा कि मैं मम्मी को परेशान नहीं कर सकता हूँ और मैंने मम्मी से कहा, "चुप हो जाओ। मम्मी मैं तुम्हारे लिए चाय बनाकर लाता हूँ।" पर उन्होंने मना कर दिया। मैं उनकी गोद में सिर रखकर लेट गया। फिर मैंने अपने लिए चाय बनाई, चाय बनाकर जब मैं मम्मी के कमरे में गया तो मम्मी हाथ जोड़े शायद भगवान से प्रार्थना कर रही थी कि मेरा घर बच जाए।

पच्चीस

अगले दिन मैं फिर से राज की दुकान पर ये सोचकर गया कि मेरी समस्या का वह कोई हल निकाल ही देगा। पहले मैं पंकज की दुकान में गया और वहाँ मैंने एक सिगरेट ली तो पंकज ने कहा, "तू आज कल बाहर नहीं निकलता।"

मैंने कहा, "मेरा मन बाहर आने का नहीं होता है।"

तो पंकज ने कहा, "आज राजेंद्र के ढाबे पर चिकन खाने चलते हैं, साथ में पार्टी भी करते हैं।"

मैंने उससे कहा, "अभी नहीं अगले हफ्ते चलेंगे।"

"क्या हुआ जो तुम चलना नहीं चाहते?"

"हुआ तो कुछ नहीं आज पार्टी का मन नहीं कर रहा।"

"तुझे कुछ तो हुआ है, मुझे बता। तुम कहीं डिप्रेशन की तरफ तो नहीं बढ़ रहे हो?"

मैंने कहा, "कुछ नहीं एक समस्या हो गई है। रितु को प्रिया के बारे में पता चल गया है।"

वह हँसा, "सच में तेरी बैंड बज गई। लेकिन तू ज्यादा डर मत। एक काम कर, तू रितु को कहीं घुमाने ले जा, वह सब भूल जाएगी।" उसका आइडिया, मुझे अच्छा लगा, पर वह मुझसे बात तक नहीं करती है, घूमने कैसे जाएगी। यही सोचकर मैं राज की दुकान पर गया। राज सुबह से ही कस्टमरों से घिरा हुआ था। कोई पंद्रह मिनट में जब वह फ्री हुआ तो बोला, "राघव, अब वह तुझसे नहीं बोलेगी, एक तरीका यही बचा है।"

मैंने कहा, "क्या?"

"वह तेरे गिड़गिड़ाने से तेरे काबू में नहीं आने वाली है।"

"इतना तो समझ चुका हूँ। तो मुझे क्या करना चाहिए?"

"तू उल्टा उससे बात ही मत कर, शायद वह फिर घबराए, उसे ऐसे पेश आ कि जैसे तुझे उससे कोई वास्ता ही नहीं है।"

"पर वह तो पहले ही मेरे से वास्ता छोड़ चुकी है, इससे कोई फायदा नहीं होगा।"

राज कुछ सोचते हुए बोला, "अगर तू कुछ इसी तरह से व्यवहार करेगा तो वह ये बात कुछ ही दिनों में जरूर नोटिस करेगी।"

"पर मैंने ऐसा किया और वह शायद अपने घर चली गई तो?"

"ऐसा कुछ नहीं होगा, अभी बच्चों के स्कूल खुले हैं, वह बिलकुल ऐसा नहीं करेगी। तेरे इस प्रकार पेश आने से उल्टा उसके ही मन में अपना घर खराब होने का डर बैठ जाएगा।"

"अब तू सही कह रहा है, ऐसा हो सकता है। पर फिर क्या वह मुझसे बातें करने लगेगी?"

"हाँ ऐसे में वह तेरे से कुछ बातें तो करेगी ही। जब वह तेरे से कुछ बातें करने लगे, तो उल्टा उससे बुरा व्यवहार करने लग जाना, वह समझ नहीं पाएगी की तुम्हारा व्यवहार कैसे बदल गया है। तू चाहे तो उससे लड़ भी सकता है। जिससे वह और भी डर जाए, समझा। जब सीधी उँगली से घी नहीं निकलता है, तो उँगली टेढ़ी करने से घी जरूर निकलता है।"

"पर क्या पता वह फिर भी बात न करे।"

"अरे जरूर करेगी, मेरा अनुभव कह रहा है। अगर फिर भी वह बात न करे तो तू उससे लड़ सकता है। बस उसके मन में डर बैठाना है कि बेफालतू की लड़ाई में उसका घर टूट न जाए।"

"अगर ऐसी उल्टी कार्यवाही से वह तलाक की सोचने लगी तो?"

"कोई लड़की ऐसी नहीं हो सकती है जो सिर्फ इतनी-सी बात से तलाक ले ले, अगर वह ऐसे में तलाक के लिए कहे, तो उसके माँ-बाप और तुम्हारे साले को घर बुला लेना। फिर तो वह तेरे से तलाक ले ही नहीं पाएगी। उस पर चारों तरफ से दबाव पड़ जाएगा।" तब तक दुकान पर बहुत से ग्राहक आ गए। मैं फिर राज के पास से घर चला गया।

छब्बीस

मैंने राज के कहे अनुसार पहले उससे अपना ध्यान हटा लिया और उसके आगे गिड़गिड़ना बंद कर दिया। पर कई दिन मेरे ऐसा करने पर भी वह मुझे नोटिस नहीं कर रही थी। मैं इस खाली टाइम में अक्सर किताबें पढ़ता था और रितु अकेले ही पता नहीं क्या सोचती रहती थी। फिर मेरी समझ में आया कि ये कोई आम बात नहीं लग रही, ऐसे तो वह कभी मुझसे बात नहीं करेगी। तो एक दिन मैंने रितु से कह ही दिया कि "तुम क्या चाहती हो?" पर उसने जवाब नहीं दिया और फिर ऐसे ही कुछ दिन और बीत गए। मैंने उससे कह दिया कि तुम मेरे से बात नहीं करती तो न करो, पर मेरे लिए खाना तो बना दिया करो। इस पर उसने कहा, "मैं तेरी नौकरानी नहीं हूँ।"

मैंने कहा, "हर औरत का पति उसका मालिक नहीं होता, जो वह उसके लिए खाना बनाती है, वह ऐसा इसलिए करती है कि सभी को एक दूसरे की जरूरत होती है।"

"मुझे तेरे जैसे आदमी की कोई जरूरत नहीं है, अपना खाना अपने-आप बनाया कर।"

"जो तुम खाना बनाती हो, मेरे पैसों से ही आता है।"

"तुम्हारे पैसों से? तुम मेरे लिए दिन-रात मेहनत करके लाते हो! एक दिन मेहनत करके देखो, तब पता चल जाएगा कि खाना कहाँ से आता है। पति के पूरे फर्ज तो निभा कर देखो। सारा दिन तुम्हारे पास सिगरेट फूँकने के अलावा क्या काम है।"

"मैं कोई काम नहीं करता, पर घर की जरूरतें मेरे पैसों से ही पूरी होती हैं, ये राशन, सब्जियाँ, फल आदि कहाँ से आते हैं। ये सब उस पैसे से आते हैं, जो मेरे हिस्से का किराया है।"

"पर तू नहीं जानता जिस जगह पर किराए के कमरे बने हैं, मैं उस जगह की आधी मालकिन हूँ, ये सब मेरे पैसे भी हैं।"

"अगर मेरे घर पर तेरा हक है, तो तेरे घर पे, मेरे और मेरे बच्चों का भी हक हुआ।"

"ऐसा कोई कानून नहीं है और जहाँ तक बच्चों का सवाल है, वह अब तुम्हारे हैं ही नहीं, वे सब मेरे हैं, तुम तो बच्चों को चाहते ही नहीं थे।"

"तो क्या हुआ, बच्चे क्या तुम अपने घर से लाई थी? वह मेरे ही हैं।"

"अभी कुछ महीने पहले तो मुझसे लड़ रहे थे कि इतने बच्चे क्यों पैदा कर दिए? तुम्हारे जैसे बाप को तो बच्चे होने ही नहीं चाहिए।"

"हाँ ठीक है, पर मैंने कभी नहीं कहा कि बच्चे मेरे नहीं है।"

"कह भी कैसे सकते थे, तुम्हारी तरह मैं बदचलन नहीं हूँ।"

"मुझे क्या पता तुम बदचलन हो भी।"

"तुम्हें शर्म नहीं आ रही, ऐसी बातें करते हुए?"

"क्या तुम्हें आ रही है, मुझे बदचलन कह के?"

"मैंने तो तुम्हें उस कमीनी के साथ गले लगे देखा था और क्या कह रहे थे कि अगर वह टाइम आ जाए, जब मेरी शादी हुई थी, तो मैं तुमसे शादी करता। तुम्हें ऐसी बातें करते हुए शर्म नहीं आई अपने से दस-बारह साल छोटी लड़की से शादी और मेरे बारे में ये बात करते हुए?"

मैं अब समझा कि बात इतनी गंभीर क्यों हो गई है। उसने मेरे और प्रिया को इकट्ठे देखा ही नहीं था, हमारी सारी बातें भी सुन ली थी। "तो क्या हुआ, मैंने तो उसे इम्प्रेस करने के लिए ये सब बोला था।" मैंने ये बात अपने व्यवहार के पारे को नीचे लाते हुए कहा। इस वक्त मैं और रितु हॉल में बैठे थे। तो मैंने उससे कहा, "प्लीज मुझे माफ कर दो, ऐसा इसके बाद नहीं होगा।" पर रितु ने मुझसे कोई बात नहीं की और मैं ये सोचकर कमरे में आ गया कि शायद वह बात न करने का फैसला बदल ले। रितु अभी भी हॉल में ही सोती थी। मेरे बच्चे मेरे पास सोते थे। बस मेरे बेटे देबू को छोड़कर। मैं घंटों कमरे में लगी ट्यूब लाइट को देखता रहता। ये बात मेरी समझ में नहीं आ रहा था कि महीने भर में भी रितु का मुझसे बात करने का मूड नहीं कर रहा था। वह क्या कुछ बड़ा सोच रही थी?

एक दिन जब मैं हॉल में बैठा था तो रितु ने कहा, "मैं तुमसे तलाक लेना

चाहती हूँ।" मेरे पैरों के नीचे से जमीन निकल गई। मैं बस उसे देखता रहा। उसने कहा, "कोई जवाब दो, नहीं तो मैं लॉयर के पास जा रही हूँ, वह मुझे तलाक दिला ही देगा।" मैंने रितु से कहा, "पर मैं तुम्हें तलाक कभी नहीं दूँगा। अगर तुम्हारी यही जिद्द है तो मेरी भी तलाक न देने की जिद्द है और ये वकील कर भी क्या सकते हैं। कौन-सा इनके कहने से अदालत में तलाक हो जाएगा। तुम ये भी कोशिश करके देख लो।"

रितु थोड़ी गंभीर हुई और बोली, "तलाक हो या नहीं, मेरी तरफ से तो अब तुम तलाक ही समझो।" और वह रोने लगी। मैंने उससे कहा, "बात को समझ मेरे और तुम्हारे बीच इतनी बड़ी बात नहीं हुई है, जो तुम तलाक लेना चाहती हो।" पर उसने बात अनसुनी कर दी। तभी हमारी काम वाली आ गई। मैंने उससे कहा, "बस तुमने जो काम कर लिया, ठीक है। अब तुम्हारे काम की छुट्टी।" काम वाली एक टक मुझे देखती ही रही।

वह बोली, "भइया ऐसा मत करना, मुझे आसानी से काम नहीं मिलेगा। मेरे बच्चों पर रहम करो। मैं अगले महीने जब काम ढूँढ़ लूँगी, तब मैं काम छोड़ दूँगी।"

मैंने कहा, "अभी यहाँ से दफा हो जाओ।" वह रोने लगी ओर बोली, "भइया, मेरे बच्चे भूखे मर जाएँगे, कृपया एक महीने काम करने दो।"

मैं अड़ गया, "एक भी दिन मुझे काम नहीं करवाना, चली जाओ यहाँ से।" मैंने चिल्लाकर उससे कहा, तो वह काँपने लगी पर फिर से बोली, "मुझसे क्या गलती हो गई?"

मैंने कहा, "मेरा घर तोड़कर कह रही है, मुझसे क्या गलती हो गई? तुम बस मुझे अपनी शक्ल मत दिखाना।" काम वाली वहाँ से चली गई, तब तक रितु भी आ गई। उसने मुझे कहा, "जो ये काम घर पर करती है, वह क्या तुम करोगे, जो इसे भगा दिया।"

मैंने कहा, "तुम अपने घर पर भी तो बिना काम वाली के काम करती हो और कौन-सा तुम मेरे लिए खाना बनाती हो जो मैं अपने पैसे हर महीने इसे दूँ। हरामजादी ने पता नहीं तुम्हें क्या-क्या पट्टी पढ़ाई है।"

"मुझे किसी ने कोई पट्टी नहीं पढ़ाई है, मैं तो तुम्हें देखकर या कहो आँखों देखा, कानो सुना, सुनकर तुमसे तलाक के लिए कहा है।"

"ठीक है, तुमने जो देखा पर कारस्तानी तो काम वाली की ही थी।"

"पर वह नहीं बताती तो पता नहीं तुम कब तक मेरी आँखों में धूल झोंकते रहते।"

"ठीक है। तुम्हें अगर मुझसे तलाक लेना है तो दे दूँगा। पर मेरे बच्चे मेरे साथ रहेंगे।"

"नहीं ऐसा नहीं हो सकता है, तुम तो कल ही अपने लिए कोई नयी लुगाई ले आओगे, मेरे बच्चों का क्या होगा। मैं अपने बच्चों को तलाक के बाद तो एक दिन भी तुम्हारे साथ नहीं रहने दूँगी।"

"क्या तुमने अपने घर पर इस बारे में बताया है? एक बार अपने घर पर ये सब बात करके तो देख लेती। तुम्हें पता चल जाएगा कि वो क्या चाहते हैं। तुम्हारे माँ-पिता और भाई पर क्या बीतेगी।"

"अब चाहे जो हो जाए, मुझे मेरे घरवाले तलाक के बाद न रखे, मैं तेरे साथ तो नहीं रहने वाली।" तभी पापा बाहर से घर आ गए। तो मैं अपने कमरे में आ गया। सुबह का समय था। रितु ने मेरी दोनों बेटियों को स्कूल के लिए तैयार कर दिया। मैं उन्हें स्कूल छोड़ने को तैयार हो रहा था, तो हॉल में आकर देखा कि न तो घर पर बच्चे थे न रितु, मुझे लगा कि वे अपने मामा के घर तो नहीं चले गए। मैं अपनी मम्मी के पास गया, जो सोकर जग चुकी थी। मैंने उससे कहा, "रितु मेरे बच्चों को लेकर अपने पीहर चली गई है क्या?" और मैं रोने लगा तो मम्मी ने कहा, "वह तो बच्चों को स्कूल छोड़ने गई है, अपने पीहर में नहीं।

"नहीं, अगर ऐसा होता तो देबू को नहीं लेकर जाती।" मम्मी ने कहा, "देबू भी उनके साथ स्कूल तक घूमने गया है।"

कुछ देर बाद देखा तो रितु और देबू घर आ रहे थे, तब जाकर मैंने चैन की साँस ली। मैं अपने कमरे में आ गया फिर कुछ देर टीवी देखा। उसके बाद सोने की कोशिश करने लगा। तभी मम्मी दो आलू के पराठे मुझे दे गई। पर ये पराठे रितु ने नहीं बनाए थे। ये मम्मी ने ही मेरे लिए बनाए थे। मैं कमरे में बैठा सोचता रहा कि मैं अपने किए की कितनी बड़ी सजा भोग रहा हूँ। क्या मैंने इतनी बड़ी गलती कर दी कि मुझे अपने बच्चों से दूर कर देना चाहिए। सोचते-सोचते जब काफी देर हो गई तो रितु अपने कपड़े लेने आई, तो मुझसे कहा, "क्या सोच रहे हो कि क्या इतनी बड़ी गलती तुमने कर दी या नहीं?" मैं सुनकर हक्का-बक्का

रह गया।

रितु ने कहा, "मैं ऐसा करती तो क्या तुम मेरे पास रहते?" मैंने कोई जवाब नहीं दिया और सोचने लगा, ऐसा वह करती तो शायद मैं भी ऐसा ही करता बल्कि मैं उसे उसके घर छोड़ आता। तो क्या मैं सही में गलत हूँ? मेरी गलती माफ करने लायक है या नहीं और कब तक रितु बर्दाशत करती। मैं तो शायद उसे ऐसे में कब का तीन तलाक की भाँति मन से तलाक दे चुका होता। तो क्या वह मेरे साथ सही कर रही है? मैंने सोचा कि उसका कदम बिलकुल सही है। मैंने शायद बहुत बड़ी गलती कर दी है। तभी मेरे पापा आकर मुझसे बोले, "तुम्हारे दोनों की क्या कोई सुलह हुई है?"

मैंने कहा, "नहीं।"

पापा बोले, "तेरे ससुर जी को कल बुला लेता हूँ। इस परेशानी से निकलने का यही हल है।"

मैंने कहा, "ऐसा मत करो, रितु को ही इस बारे में फैसला करने दो, उसके पापा इस रिश्ते को बचा भी लें, पर मैं जानता हूँ कि वह फिर भी मुझसे बात नहीं करेगी। इसीलिए इस पर उसे फैसला लेने दो कि वह मुझे अपनाएगी या नहीं।"

पापा बोले, "अरे अपनाएगी क्यों नहीं, समय उसके सारे घाव भर देगा। तुम बस तलाक के लिए राजी मत हो जाना। उसे कहने दो जो कहे, तुम तलाक की उसकी जिद्द कभी मत मानना। किसी का घाव भरने में समय लगता है, तो किसी का जल्दी भर जाता है।" मैंने पापा से कहा, "ठीक है।" फिर वह चले गए।

तब तक बच्चों को स्कूल से लाने का समय हो गया था। तो मैं बच्चों को स्कूल से लेने चला गया। रितु हॉल में बैठी ये सब देख रही थी। बच्चों को स्कूल से लाने के बाद मैं सोचने लगा कि एक बार राज के पास चलता हूँ। वही शायद मुझे इस परेशानी से बचा सकता है। पर सोचा मैं क्या रितु को चालाकी से पटाना चाहता हूँ। मन ने कहा, नहीं, मैं तो उसे सच्चे दिल से अपनी तरफ करना चाहता हूँ। अब उसे ही फैसला लेने देना चाहिए। चालाकी और दबाव से मैं उसे अपने पास रख तो सकता हूँ, पर जिंदगी में एक और झूठ नहीं चाहता, जो उससे बोलकर मैं उसे और अपने को गिरा दूँ। मुझे अब उसके प्यार की जरूरत हो रही थी। मैं फिर सो गया और शाम को उठा तो मेरा भाई मेरे पास बैठा था। मेरी मम्मी भी वहीं थी।

अमित ने कहा, "मैं कल रितु के मम्मी-पापा के घर उन्हें लेने जाना चाहता हूँ। नहीं तो राघव, इस लड़ाई में घर टूट जाएगा।"

मैंने कहा, "अमित ऐसा मत करना, अब उसे ही फैसला लेना है, वह मेरे साथ रहना चाहती है या नहीं। मैं नहीं चाहता उस पर कोई दबाव पड़े।"

अमित ने कहा, "कैसी जिद्दी औरत है, समझ नहीं रही है। जिंदगी में ऐसे मोड़ भी आते हैं, जब इंसान को सब भगवान पर छोड़ देना चाहिए।"

मैंने कहा, "कह तो तुम सही रहे हो, पर वह आत्मसम्मान से मुझसे जुड़े, नहीं तो मैं अपने-आप की नजर में गिर जाऊँगा।"

मेरे भाई ने कहा, "क्या तुम इस जिद्दी औरत से तलाक चाहते हो?"

"नहीं, मैं ऐसा नहीं चाहता, पर जोर-जबरदस्ती से शादी को नहीं बचाना चाहता हूँ। नहीं तो हमारी लड़ाई फिर रोज-रोज होने लगेगी, मैं नहीं चाहता हूँ कि बेईमानी से रिश्ता बचा लूँ। मैं तो मेरे और रितु के रिश्ते में ईमानदारी चाहता हूँ।" तभी मेरा भाई मुँह फुलाए वहाँ से चला गया। मैंने उससे कहा, "तुम्हें क्या हुआ?"

वह बोला, "तुमने तो कह दिया, रिश्ता ईमानदारी से चाहते हो, ये नहीं सोचा कि लोग क्या कहेंगे तुम्हारे बारे में। क्या तुमने उस हरिद्वार की लड़की से बच्चा पैदा कर दिया है, जो वह इतनी-सी बात का बतंगड़ बनाए हुए एक महीने से बैठी है और बच्चों को तुम्हारे खिलाफ बहका रही है?"

मैंने पूछा, "क्या वह ऐसा करती है?"

"हाँ, सारा दिन तुम्हारे बच्चों को कहती रहती है कि तुम्हारा बाप तुम्हारे लिए मर गया है, वह तुम्हारे लिए नयी माँ लेकर आएगा।"

मैंने कहा, "जो उसे कहना है, कहने दो।"

अमित बोला, "तुम्हें क्या हरिद्वार वाली से शादी करनी है, जो तुम्हें इतनी बड़ी बात पर भी गुस्सा नहीं आ रहा है?"

"मैंने ऐसा कहा है क्या? मैं अब कर भी क्या सकता हूँ।"

"अब तो भगवान करेगा, जो करना है। मेरी मान, मैं तुम्हारे सास-ससुर को ले आता हूँ। उस पर थोड़ा दबाव पड़ेगा और वह मान जाएगी। फिर महीने दो महीने में भूल जाएगी।"

"नहीं मैं ऐसा नहीं चाहता कि दबाव में आकर वह ये सब करे। ऐसा करने

से मेरे लिए उसके मन की कुंठा क्या खत्म हो जाएगी। नहीं मुझे ये लड़ाई ऐसे खत्म नहीं करनी है।"

"तो तुम क्या चाहते हो, तलाक?"

"मैं जानता हूँ ऐसे वह नहीं मानेगी। पर अमित, ऐसा करके तुम नहीं जानते उसे कोई फर्क नहीं पड़ेगा। वह मुझसे सारी जिंदगी बात नहीं करेगी। मैं उसे करीब से जानता हूँ।"

"ऐसा नहीं हो सकता कि वह ऐसा कर पाए। कभी-न-कभी उसे तुमसे बात तो करनी ही पड़ेगी।"

"हाँ करेगी, पर मन से नहीं करेगी। वह मुझसे नफरत करने लगी है। इस नफरत को प्यार में कैसे बदला जा सकता है, तुम भी कुछ समझो।"

वह बोला, "कह तो सही रहे हो। शायद तुमसे वह नफरत करती है, पर इस समाज को भी समझो। तुम्हारे तलाक से समस्या हल नहीं हो सकती। तुम्हारे बच्चों के भविष्य का क्या होगा? तुम इस झगड़े में उनके भविष्य को दाँव पर लगा दोगे, ऐसा चाहोगे?"

मैंने कहा, "इसीलिए मैं उससे दूर तो हो जाऊँगा पर कभी तलाक नहीं लूँगा।" तभी रितु वहाँ आ गई और मैंने अमित ने बातें बंद कर दीं और रितु ने कहा, "मैं कल अपने घर जा रही हूँ।"

अमित ने कहा, "ठीक है भाभी, कुछ दिन अपने गाँव में रह लो तो आपका मन शांत हो जाएगा।"

वह बोली, "मैं सदा के लिए अपने घर जा रही हूँ।"

"तो क्या तुम तलाक चाहती हो?"

"हाँ, मैं तलाक ही चाहती हूँ।"

मैंने ठंडी साँस ली, फिर कहा, "और बच्चे मेरे साथ ही रहेंगे।"

"नहीं बच्चे मेरे हैं, मैं ही तीनों को रखूँगी।"

"पर अभी तो बच्चों का स्कूल चल रहा है। उन्हें स्कूल से निकाल नहीं सकते हैं।" अमित ने चतुराई से कहा। पर वह बोली, "हमारे घर के पास के स्कूल में वे अभी पढ़ सकते हैं।" रितु ने चतुराई से अमित को जवाब दिया।

अमित ने कहा, "तुम अपना बसा-बसाया घर क्यों खराब कर रही हो भाभी?"

रितु ने कहा, "घर तो तेरे भाई ने ही खराब किया है, अब यहाँ रहकर भी क्या बचा है।" कहकर वह वहाँ से चली गई।

अगले दिन सुबह मेरी बेटी छवि मेरे पास आकर बोली, "पापा, मैं मामा के घर नहीं जाना चाहती। वहाँ हर वक्त लाइट नहीं रहती है। दिन में या रात में एक ही टाइम लाइट आती है। साथ में उनके घर में एक ही एसी है। मैं वहाँ नहीं जाना चाहती।"

मैंने कहा, "तुमने अपनी माँ को ये सब कहा कि वह तुम्हें यहाँ छोड़कर चली जाए?" तभी समीक्षा भी आ गई और छवि से कहा, "तुम्हें मम्मी बुला रही है।" छवि वहाँ से चली गई।

मुझे मेरे बच्चों के लिए हमदर्दी से ज्यादा दर्द हुआ बल्कि बाप के मन को ठेस पहुँची। मैं फिर अमित के पास गया और उससे कहा, "तुम कह रहे थे कि वसंत कुंज का हमारा फ्लैट खाली पड़ा है।" उसने कहा, "हाँ, खाली पड़ा है। पिछले दो महीने से। उसका क्या करना है?"

मैंने उसे कोई जवाब नहीं दिया और मैं रितु के पास गया और कहा, "तुम फ्लैट में रहने जा सकती हो, अगर अपने घर नहीं जाना चाहती।"

वह बोली, "तुम क्या चाहते हो कि मैं फ्लैट में जाकर एक दिन फिर से तुम्हारे पास आ जाऊँ? नहीं मैं अपने घर ही जाऊँगी।"

मैंने उसे कहा, "तुम अगर वहाँ नहीं जाना चाहती हो तो मैं वहाँ जा सकता हूँ।"

उसने कहा, "तुम्हारी मम्मी जो एक दिन तुम्हें वापस घर बहला-फुसलाकर ले आए।"

"तुम अगर मेरे साथ नहीं रहना चाहती हो तो मैं अपने बच्चों की कसम खाता हूँ कि कभी तुम्हारे पास रहने तो क्या शक्ल भी दिखाने नहीं आऊँगा।"

उसने कहा, "ठीक है, अगर तुम ऐसा कर सकते हो, तो तुम जाओ।"

"मैं कल ही वहाँ चला जाऊँगा, तुम्हारी जिंदगी से दूर।" मेरी बातों को सुनकर समीक्षा और छवि रोने लगी। तो मैंने उन्हें कहा, "बेटा मैं दूर नहीं जा रहा हूँ। तुम मेरे से मिलते रहना।"

बच्चे थोड़ा शांत हो गए, तो रितु ने कहा, "तुम बच्चों से भी नहीं मिल सकते

हो।" मैंने रोते हुए उससे कहा, "क्या मेरा कसूर इतना बड़ा है कि मैं बच्चों से भी नहीं मिल सकता?" वह चुप हो गई।

मैंने कहा, "जो तुम्हारी मर्जी। मैं कभी अपने बच्चों से भी नहीं मिलूँगा।"

मैंने अपने सारे घरवालों को मना लिया कि मैं फ्लैट पर रह लेता हूँ, फिर मैंने उसी दिन अपनी जरूरत का सभी सामान खरीद लिया। पर रितु को कोई फर्क नहीं पड़ा। वह हमारे सारे परिवार में कैकेई के समान लग रही थी। फर्क सिर्फ इतना था कि राम बनवास गए थे और मैं एक फ्लैट में जा रहा था। मेरे पापा तक भी उस दिन रो रहे थे। शाम को मैं अपने दोस्त राज के पास गया और उससे अपने घर छोड़ने के बारे में बताया तो उसने गंभीरता से कहा, "यार तू कभी-कभी मुनिरका तो आ जाना।" मैंने कहा नहीं आऊँगा। और मैं रोने लगा। तो उसकी भी आखें नम हो गईं। मैंने उससे नया सिम लिया तो उसने कहा, "नंबर क्यों बदल रहे हो?"

"ऐसे ही बदल रहा हूँ। नहीं चाहता कि मैं किसी से बात करूँ।" और राज को भी कह दिया कभी मेरे पास फोन न करना। जरूरत होगी तो मैं ही तुम्हें फोन कर लूँगा। साथ में यह भी कहा कि मेरा नंबर किसी को नहीं देना। तो उसकी आँखें गमगीन हो गई। मैं अपने घर गया। मेरे घर पर सारा दिन उदासी छाई रही। शाम को मैं अपने भाई से गले मिला और घर छोड़कर जाने लगा तो सबकी आँखों में आँसू थे। मेरा नया नंबर राज और मेरे भाई अमित के पास था। मैंने अपने कपड़ों का बैग लिया और दर्द भरी मुस्कान के साथ घर छोड़कर चला गया। मैंने अमित से कहा, "मेरे बच्चों और रितु का ध्यान रखना। अब मेरा भी मन रितु के पास रहकर उसकी नफरत को झेलने का नहीं है।" फिर मैंने स्कूटी स्टार्ट की और चला गया।

सताईस

अंत बुरा तो सब बुरा

फ्लैट में गए दो महीने हो गए थे। मैं फ्लैट के हॉल में बैठा था। ये 2 बी.एच.के. का फ्लैट था। जिसके एक कमरे में मैं सोता था तो एक हमेशा के लिए बंद था हॉल में बैठा मैं दारू पी रहा था। रात के दस बजे थे। मैंने अद्धा डकार लिया था। अब दारू नहीं थी तो मैंने खाली दारू का अद्धा फर्श पर दे मारा। फिर अपनी चप्पलें उतारी और काँच पे चलने की सोची और काँच पर चलने लगा। जिससे मेरे पाँव के तलवों में घाव हो गया। मैं अब और काँच पर नहीं चल पाया। मैंने मन में कहा, लूजर और फिर से काँच पर चलने की कोशिश की। पर मैं फिर से उस पर नहीं चल पाया। तो मैंने पैरों के तलवों को देखा, जिस पर अनगिनत घाव के निशान थे। मैंने एक घाव को मसल दिया जिससे एक तेज दर्द हुआ। मैं पिछले एक महीने से बोतल को तोड़कर उसके बिखरे काँच के टुकड़ों पर चलने की कोशिश करता था। पर जब दर्द से नहीं चल पाता तो अपने-आप को लूजर कहता था। फिर कुछ खाए बिना ही बिस्तर पर सोने चला जाता था। मैंने कोई काम वाली नहीं लगा रखी थी। मैं सारे काम अपने-आप करता था। मुझे काम वाली बाइयों से नफरत थी जैसे लूजर होने से मुझे नफरत थी। जैसा भी हो खराब या अच्छा मैं अपने लिए खाना बनाता था। मेरे खर्च को चलाने के लिए मेरा भाई महीने की दस तारीख को बीस-पच्चीस हजार रुपए दे जाता था। पर मैंने उससे कहा था कि आने से पहले मुझे फोन जरूर कर दिया कर। ताकि जब अमित को आना हो तो उस दिन सारे फ्लैट की सफाई कर सकूँ। मैं रोज हाफ बॉटल शराब पी जाता था। मेरे फ्लैट की रसोई में जूठे बर्तनों की झड़ी लगी रहती थी, पर फिर भी कोई काम वाली मैंने नहीं रखी थी।

जब मैं सुबह उठता था तो रसोई के सभी काम करता था। जैसे खाना बनाना,

बर्तन धोना आदि। मैं अक्सर खाने की वही चीजें बनाता था जो मुझे बनाना आता था। मसलन खिचड़ी, दाल, चावल आदि पर मैं रात को कुछ नहीं बनाता था। घर के हॉल में पड़े काँच के टुकड़ों को मैं हफ्ते में एक बार साफ करता था। मैं सच में एक हारा हुआ पति और पिता था जो न तो अपने बच्चों का न बीवी का कोई काम करता था। कई बार लगता था कि मैं शायद जिंदगी के आखिरी दिन गिन रहा हूँ। मैं शायद इस समय डिप्रेशन का भी शिकार हो गया था। तो लगता ये सब मेरी जिंदगी से हार मान लेने के कारण था। मैं अब चाय भी बहुत ज्यादा पीने लगा था। सारे फ्लैट में खामोशी छाई रहती थी। कयोंकि मेरे अलावा इस फ्लैट में बस आवाज करने वाला एक टीवी ही था, जिसे मैं बंद करके ही रखता था। मुझे अब इस दुनिया में कुछ नहीं चाहिए।

सोचता था कि रितु मुझसे पहले कितना प्यार करती थी। जब मेरा एक्सीडेंट हुआ था तो कैसे रोया करती थी। उसने मेरा कितना ध्यान रखा था। बीमारी में अक्सर मंदिरों में मेरे लिए दुआ करने जाती थी। उसने बीवी होने के सारे फर्ज अदा किए थे। मैं ही उसके प्यार के काबिल नहीं था। चाहती तो वह मेरे ऊपर दबाव डालकर कुछ भी माँग सकती थी। मैं ही एहसान फरामोश था जो उसके लिए कुछ नहीं कर सका। मैं सोचता था कि कितना बड़ा लूजर हूँ जो कि जिंदगी में प्यार को समझ ही नहीं पाया। प्यार देने का नाम है, न कि प्यार करने का। मैं उससे प्यार कभी नहीं कर पाया। मेरे बच्चे और रितु को मैं जिंदगी में कुछ नहीं दे पाया। मैं इन दिनों समझ पाया था कि बीवी अगर चाहे तो क्या नहीं कर सकती। उसने मेरे सामने साबित किया कि पत्नियाँ भी अपने बच्चों को संभालकर और पाल-पोसकर दिखा सकती हैं। बस उन्हें मौका देना चाहिए। मैं अक्सर अपने को जिंदगी से हारा हुआ एक इंसान समझता था। ऐसे ही मैं सारा दिन सोच में डूबा रहता था। अक्सर मुझे कई बार फ्लैट से बाहर जाना होता तो लोगों को देखकर डर जाता था। मैं रात में ही अपने फ्लैट से बाहर जाता था। दारू, रसोई का सामान आदि लेकर आता। मैं दिन की रौशनी से डरने लगा था। मैं तो दारू भी अँधेरे में ही पीता था। सारा दिन घर में गुजार दिया करता था। मैं दुनिया से बिलकुल कट गया था।

मेरे पड़ोसी भी पूछते थे कि तुम्हें क्या हो गया है, जो सारा दिन घर पर अँधेरे में ही रहते हो ? क्या तुम्हें डिप्रेशन है ? मैं उन्हें जवाब नहीं देता था। सारी बिल्डिंग

में अफवाह थी कि मैं कोई पागल हूँ, जिसके घर नहीं जाना चाहिए। अक्सर पास में रह रही पड़ोसन मुझसे कुछ माँगने आती। जैसे चीनी, चाय पत्ती आदि, तो वह मेरे फ्लैट की हालत देखकर कहती कि किसी काम वाली को तुम्हारे घर भेजूँ। तो मैं उसे कह देता कि मैं अपने-आप अपना काम कर सकता हूँ।

मैं अक्सर महीने में एक ही बार शेव करता था वह भी अपने भाई के आने से पहले। मैं चार-पाँच दिनों में नहाता था और पेस्ट भी तभी करता था। पूरा साल मैंने ऐसे ही बिताया। सोचता कि जिंदा रहकर किसी पाप को भोग रहा हूँ। मैं अक्सर शराब के नशे में भूल जाता था कि रितु को मेरी कोई जरूरत नहीं है। उसकी वजह से मेरा ये हाल हुआ था। मैं तो बस यही सोचता रहा। मैं अपना घर नहीं बचा सका, कितना बड़ा लूजर हूँ मैं। मेरे घर पर इतने समय से पड़ी दारू की बोतलों का भंडार लग गया था, जिसे एक दिन मैंने कबाड़ी वाले को बेचा तो कबाड़ी वाले ने कहा, “इतनी बोतलें तो मेरे थैले में नहीं आएँगी।” कबाड़ी वाले बोतलों के मुझे तीन सौ रुपए दिए थे तो मैंने उसके पैसे दोबारा उसे वापस कर दिए थे।

एक साल में ही में हट्टा-कट्टा आदमी से दुबला पतला आदमी रह गया था। मेरा वजन अड़तालिस किलो ही रह गया था। साल भर से मैंने अपने बाल तक नहीं कटवाए थे। एक दिन जब अमित मेरे पास आया तो वह ही मुझे नाई की दुकान पर बाल कटवाने के लिए जबरदस्ती ले गया था। फिर रास्ते में आते हुए उसने कहा कि अब हम गोलगप्पे खाते हैं। फिर वह एक खोमचे वाले के पास रुक गया और मुझे जबरदस्ती दो गोलगप्पे खिलाए। मैंने फिर अमित से कहा, “गोलगप्पे मुझे अच्छे नहीं लगे।”

“अरे ये तो मशहूर गोलगप्पे वाला है। तुम्हें इसमें क्या अच्छा नहीं लगा?”

मैंने उससे कहा, “मुझे सब बकवास लगा।” कहकर मैं वहाँ से चल दिया। अमित ने गोलगप्पे वाले को पैसे दिए फिर वह मेरे साथ फ्लैट पर आ गया। जैसे ही मैं और वह फ्लैट में घुसे तो अमित मेरी हालत देखकर रोने लगा। पर मैंने उसे कोई दिलासा नहीं दिया। उसने हॉल और कमरे की लाइट जला दी, तो मैंने कहा, “बंद करो ये लाइट।” तो वह बोला, “राघव, क्या तुम मेरे साथ साइकेट्रिस्ट के पास चल सकते हो?” मैंने उसे मना कर दिया और कहा, “तुम अब वापस घर लौट जाओ। मैं अब अकेले रहना चाहता हूँ।” पर उसने तो उल्टा टीवी चला

दिया और मेरे पास बैठ गया। मुझे उससे चिढ़ हुई।

मैंने उसे दोबारा कहा, "मैं अकेला रहना चाहता हूँ, तुम वापस घर लौट जाओ।"

वह बोला, "तुम अब भी मेरे साथ घर नहीं चल सकते हो?"

मैंने कहा, "नहीं, मैं घर नहीं जाना चाहता, जब तक रितु ना कहे।"

"वह तो सारी जिंदगी तुम्हें घर नहीं बुलाएगी।"

"पर मैंने अपने बच्चों की कसम खाई है, जब तक रितु न कहे, मैं घर नहीं आऊँगा।"

"तो फिर दारू बंद कर सकते हो? अगर तुम ऐसे ही एल्कोहल लेते रहे तो एक दिन तुम्हारा लीवर खराब हो जाएगा।"

"मैं तो मरना चाहता हूँ। मेरे जैसे लूजर का कोई काम नहीं इस धरती पर।" तो अमित मुस्कुराया और कहा, "अच्छा अब दो कप चाय ही बना लो।"

मैंने उससे कहा, "पिछली बार मैंने बनाई थी, अब तुम्हारी बारी है।" वह रसोई में गया। जहाँ का हाल देखकर वह बोला, "अगर तुम्हें काम वाली चाहिए तो लगवा दूँ?"

"नहीं, मुझे काम वाली नहीं चाहिए। मैं अपने काम खुद करना पसंद करता हूँ।"

अमित ने दो कप चाय बनाई। जिसमें चीनी ज्यादा डाल दी। फिर भी मैंने शरबत जैसी चाय पी ली। चाय पीने के बाद अमित ने कहा, "मैं जाता हूँ, घर पर कुछ काम है।" फिर अमित दरवाजा खोलकर चला गया। मैंने पहले तो दरवाजा लगाया फिर दारू निकाली ली। उसे मैं नमकीन के साथ पैग के बाद पैग पीने लगा।

ऐसे ही जिंदगी के दो बसंत निकल गए, तब भी रितु का कोई मैसेज मुझ तक नहीं पहुँचा। तो एक दिन मेरे पास अमित कुछ कागजात साइन करवाने आया तो कागजात देखकर मेरे होश ठिकाने न रहे। देबू का स्कूल में एडमिशन हो रहा था। मैंने अमित को कहा, "वह इतना बड़ा हो गया कि स्कूल जाने लगा?"

अमित मुस्कुराया और बोला, "हाँ, सही में वह स्कूल जाएगा।"

मैंने अमित से पूछा, "वह कैसा दिखता है?"

"वह तेरे जैसा है बिलकुल, बस रंग का गोरा है।"

"मेरे जैसा, पर मैं उसे अपने जैसा हारा हुआ इंसान नहीं बनाना चाहता। जो जिंदगी में अपना सब हार गया।"

अमित ने कहा, "तुम बिलकुल हारे हुए नहीं हो, मैं तुम्हें लूजर नहीं मानता। तुम परिस्थितियों के मारे हो। नहीं तो तेरे जैसा इंसान कोई हो ही नहीं सकता। तुम्हें एक बात तो बताई ही नहीं हमने। हमने एक पेट्रोल पंप और खरीद लिया है...।" मैंने बात काटते हुए कहा, "मैं एक बार रितु और बच्चों को देखना चाहता हूँ।"

"क्यों नहीं, तुम कल घर आकर अपने बच्चों को देख सकते हो।"

"पर मैं तब तक वहाँ नहीं जा सकता, जब तक रितु मुझे नहीं बुलाती।"

"मैं भी जान गया हूँ। मैं अब रितु को समझा हूँ। वह एक जिद्दी औरत है।

मैंने कहा, "तुम्हें घर नहीं जाना है ?"

"मैं बस जा रहा हूँ। पर एक बात तुमसे कह दूँ, तुम शराब अब बंद कर दो या कम पिया करो। पता नहीं क्या बीमारी तुम्हें लग जाए।"

"मुझे कुछ नहीं होगा। तुम फिक्र मत करो।"

वह चला गया। जाते टाइम फिर से उसने कहा कि मैं शराब छोड़ दूँ, पता नहीं क्या आफत जिंदगी में आए।

अठाईस

कुछ दिनों से मैं सुबह से शाम तक शराब में डूबा रहता था। इसी दौरान एक दिन प्रिया का भी मैसेज आया, जिसमें उसने लिखा था- "अब मैं हरिद्वार में नहीं रहती हूँ। मैं दुबई चली गई हूँ। मैं तुम्हें फोन भी कर सकती थी, पर मैं तुम्हें मैसेज ही कर रही हूँ। मैं तुमसे बात न करने की अपनी कसम निभा रही हूँ। मैं दुबई में एक प्रतिष्ठित कंपनी में जॉब कर रही हूँ। मैं चाहती थी कि मैं टीचर बनकर बच्चों को पढ़ाऊँ पर मैं ये नौकरी कर रही हूँ। पर मैं अपने काम से खुश हूँ। मैं कंपनी के दिए अपने फ्लैट में बच्चों को पढ़ाती हूँ, जिसकी मैं उन बच्चों से फीस नहीं लेती हूँ। मेरे प्रिय, मुझे ये नंबर राज ने बहुत विनती के बाद दिया है। मुझे उसी से पता चला कि तुम्हारे और रितु के बीच सब खत्म हो गया है। अब मैसेज बंद करती हूँ।"

मैंने मैसेज पढ़ते ही डिलीट कर दिया। शाम के पाँच बजे थे, मैंने दारू की बोतल निकाली और पीने लगा। शाम के सात बजे तक मैंने पूरा अद्धा निपटा दिया और अपने कमरे में बिस्तर पर पड़ गया। मुझे फिर उल्टी हुई। पर मेरे शरीर में शराब पीने के बाद इतनी शक्ति भी नहीं रह गई थी में उल्टियाँ साफ कर पाता। मैं रात को कुछ नहीं खाता था। मैं फिर सो गया। सुबह उठा तो सारे घर में उल्टियाँ हर जगह पड़ी थी जिसे मैंने उठते ही साफ किया। फिर मुझे महसूस हुआ कि मुझे भूख लगी है। साथ में मेरे पेट में भी दर्द था। पर मैंने पेट दर्द पर कोई ध्यान नहीं दिया और अपने लिए खिचड़ी बनाई। अब मेरे पेट में दर्द रहने लगा। शायद कोई बीमारी लग गई थी। पर मैं डॉक्टर के पास नहीं जाना चाहता था। जब मैं रात को दारू पीता, तब भी मुझे उल्टी होती थी। मैं डॉक्टर के पास नहीं जाना चाहता था क्योंकि डॉक्टर मुझे मेरी जान से प्यारी साथी दोस्त शराब को छोड़ने के लिए कहता। ऐसे ही दर्द में दो महीने बीत गए। तभी एक दिन प्रिया का एक

और मैसेज आया, इसमें लिखा था- "राघव मैंने शादी कर ली है। समीर मेरी ही तरह दुबई में काम करते हैं, वह भी प्रवासी भारतीय हैं। मैं उनके साथ बहुत खुश हूँ। मैं अब तुम्हें अपना प्यार नहीं मानती। मेरा प्यार अब बदल गया है। वह समीर हो गया है। ये मेरा तुम्हारे लिए अब आखिरी मैसेज है। मैं इस मैसेज के बाद तुम्हें कभी मैसेज नहीं करूँगी। मेरे प्रिय, मैं कभी हरिद्वार नहीं लौटूँगी। मेरे घर वाले पहले तो दुबई जाने से खुश नहीं थे। अब मेरी शादी से भी वे खुश नहीं हैं। पर मुझे उनकी जरूरत भी नहीं है। मुझे अब लगता है कि रितु से तलाक लेने के बाद तुम्हें भी दूसरी शादी कर लेनी चाहिए। मैं तुम्हें ये सलाह दोस्त की तरह दे रही हूँ। धन्यवाद!"

मैंने फिर उस मैसेज को भी डिलीट कर दिया। मेरे और उसके बीच मुझे वे सारे पल याद आने लगे, जब हम छत पर मिलते थे। पर अब मेरे अंदर उसके लिए कोई फीलिंग नहीं बची थी। ये शाम का समय था। मैंने फिर अपने पास रखी बोतल निकाली और पीनी शुरू कर दी। अब मेरे पास पूरी शराब की बोतल थी, जिसे मैंने चार घंटे में ही खत्म कर दिया। फिर मेरा मन मचलने लगा। मैं उल्टियाँ करने लगा। जब तक मेरे पेट से सारी दारू नहीं निकल गई, मैं उल्टियाँ करता रहा। मैं नशे में चल भी नहीं पा रहा था और हॉल में फर्श पर ही लेट गया।

जब मुझे होश आया तो मैं अस्पताल में पड़ा था। मेरा भाई मेरे मम्मी-पापा मेरे पास बैठे हुए थे। मैंने उनसे पूछा, "मैं यहाँ कैसे आ गया?"

मम्मी ने कहा, "तुम्हारी पड़ोसन ने हमें कल रात को बताया था कि तुम कल से शराब के नशे में फ्लैट में बेहोश पड़े हो। तब तुम्हारी पड़ोसन तुमसे चीनी लेने आई थी, तुमने फ्लैट अंदर से बंद नहीं किया था। भला हो ऐसी पड़ोसन का।"

तभी मेरे पास डॉक्टर आ गए और बोले, "कैसी तबीयत है?" मैंने कोई जवाब नहीं दिया और मैं बेड पर पड़ा रहा। तो डॉक्टर ने एक इंजेक्शन मुझे लगाया फिर वह दूसरे मरीजों के पास चल दिया। मम्मी ने जूस दिया। मैंने उससे पूछा, "रितु मुझे देखने नहीं आई?" मम्मी ने कोई जवाब नहीं दिया। मैं समझ गया उसका मन अभी भी शांत नहीं हुआ है। सोचा जब मैं घर रहता था तो वह मुझे बीमारी में पाकर कैसे रोती थी। पर अब तो अस्पताल में हूँ, तब भी वह

नहीं आई है।

मैं अस्पताल से छुट्टी चाहता था। मैं फिर शराब पीना चाहता था। मेरी जिंदगी में शराब ही मेरी सबसे अच्छी दोस्त थी। सोचता रहा मैं रितु से कितना प्यार करता हूँ। पर वह मुझे देखना भी नहीं चाहती है। मैंने अमित से कहा, "मुझे कब तक अस्पताल से छुट्टी मिल जाएगी?"

वह बोला, "डॉक्टर कह रहे थे कि तुम्हें दो दिन यहीं रखेंगे, जब तक कि तुम्हारे सभी टेस्ट नहीं हो जाएँ।"

मैंने अमित से कहा, "मैं इस कैदखाने में दो दिन नहीं रह सकता हूँ। मैं अभी घर जाना चाहता हूँ।"

अमित ने कहा, "मुनिरका या वसंत कुंज में?"

मैंने कहा, "मैं फ्लैट की बात कर रहा हूँ।"

वह बोला, "दो दिन की ही तो बात है।"

मैंने अमित से कहा, "तुम मेरे लिए सिगरेट ला सकते हो?" तो उसने मुस्कुराकर कहा, "नहीं ला सकता हूँ।"

दो दिन तक मेरा भाई मेरे पास से उठा ही नहीं था। मेरा भाई रात को सोया या नहीं, कुछ खाया या नहीं मुझे पता नहीं था। मैंने उससे दो दिन बाद पूछा, "आज तो मुझे यहाँ से छुट्टी मिल जाएगी।"

उसने कहा, "नहीं, डॉक्टर तुम्हें कल छुट्टी देंगे।"

मैंने कहा, "मैं ज्यादा यहाँ नहीं रह सकता हूँ।"

उसने कहा, "नहीं, तुम्हें एक दिन और यहाँ रहना पड़ेगा।"

"पर मैं बिना सिगरेट के यहाँ नहीं रह सकता हूँ।" तभी डॉक्टदर आए और मुझसे कहा, "कैसा हाल है, पेट का दर्द अब कैसा है?"

"मैं बिलकुल ठीक हूँ डॉक्टर, मेरे पेट में दर्द नहीं है। मुझे कब छुट्टी मिलेगी?"

डॉक्टर ने कहा, "तुम्हें आज छुट्टी नहीं दे सकते, तुम्हारा लीवर बिलकुल खराब हालत में है। लंबे समय से शराब ने ही तुम्हारा ये हाल किया है। अब तुम्हें एक दिन भी शराब नहीं पीनी है। तुम्हारे एक बार और शराब पीने से तुम्हारी हालत और खराब हो सकती है। यहाँ तक कि तुम मर भी सकते हो।"

मैंने फिर डॉक्टर से मजाक में कहा, "मेरा लीवर ट्रांसप्लांट कर दो।"

डॉक्टर ने कहा, "बड़े दिलचस्प इंसान हो तुम, पर मेरी चेतावनी याद रखना। तुम अब एक घूँट भी शराब बर्दाश्त नहीं कर सकते।"

अगले दिन मुझे अस्पताल से छुट्टी दे दी गई। मैं फिर से फ्लैट में आ गया। अमित ने कहा, "तुम्हें बिलकुल एल्कोहल नहीं लेना है।"

मैंने उससे कहा, "वादा नहीं कर सकता, पर अब शराब को हाथ नहीं लगाऊँगा।"

अमित ने कहा, "तुम्हें वादा करना होगा और टाइम पर दवा लेते रहना और मुझे पता है, तुम एक टाइम खाना नहीं खाते हो। कहो तो काम वाली तुम्हारे लिए ढूँढ़ दूँ, जो तुम्हारा खाना बना दे।"

मैंने उसे कुछ नहीं कहा। फिर वह दो घंटे के बाद मुनिरका चला गया और मैंने काफी दिन बाद रात को खाना बनाया।

उनत्तीस

अंत भला तो सब भला

घर छोड़े मुझे चार साल दो महीने हो चुके थे। सबसे खुशी की बात यह है मैंने अस्पताल से आने के बाद शराब और सिगरेट बंद कर दी थी। मैंने काम वाली रख ली थी जो मेरे सारे काम करती थी। अब मैं घंटों जिम में गुजारता हूँ। कुछ ही टाइम में कड़ी मेहनत से मेरे मसल बन गए। मैंने घर पर भी वर्जिश का सामान रख लिया, जिससे मैं घर पर भी वर्जिश करने लगा। पर मेरे मन की स्थिति वैसी ही थी। मैं सारा दिन वर्जिश करने लगा और जब थक जाता तब मैं सोचता कि मैं लूजर हूँ, तो मैं फिर से वर्जिश में लग जाता। मैं एक मनोचिकित्सक से अपना इलाज भी करा रहा था। वह मनोचिकित्सक हर महीने मिलता था और उसके हिसाब से मैं थोड़ा डिप्रेशन में था। उसका कहना था कि मैं एक छोटी-सी बीमारी का शिकार हूँ। पर मैं कभी भी इस डिप्रेशन की बीमारी का नाम तक नहीं बोल पाता था। नाम था ही इतना लम्बा।

मैं सुबह पाँच बजे से ही वर्जिश में लग जाता था। मैं डोले, चेस्ट, थाई, सिक्स पैक ऐप्स की एक्सरसाइज करने जिम में जाता था। जब मैं और सेट नहीं मार पाता तो मैं सोचता था कि मैं एक लूजर हूँ और फिर से एक्सरसाइज में लग जाता। उसके बाद आधा किलो दूध पीता और दो केले भी दूध के साथ लेता था। फिर कोई दस बजे काम वाली आती थी। खाना पकाना, कपड़े धोना और साफ सफाई आदि काम करती थी। मेरा भाई अब हफ्ते में ही मुझसे मिलने आने लगा था। वह मेरी मेहनत से बहुत खुश था। मेरे बच्चे भी मुझसे व्हॉट्सएप से जुड़े थे। छवि अब ग्यारह साल की हो गई थी, तो समीक्षा आठ साल की और मेरा बेटा पाँच साल का हो गया था। मैं उनके फोटो व्हॉट्सएप पर देखता था।

अक्सर लड़कियाँ मेरा मस्कुलर रूप देखकर मेरी तरफ आकर्षित होती थीं।

मैं बहुत खुश होता था, पर मैं किसी भी लड़की से बात तक नहीं करता था। अब लड़कियों के पीछे भागने का मेरा मन खत्म हो चुका था। मैं अब 39 साल का हो गया था। पिछले चार साल में मैंने रितु से कोई बात नहीं की थी। मुझे तो उसे देखे भी चार साल हो गए थे। मैं उससे मिलने कभी मुनिरका नहीं गया था। प्रिया से मेरा प्यार अब मुझे बकवास लगता था जो चार साल पहले ही छूट गया था। उसके पिछले चार साल में आए दो मैसेज के बाद कभी भी कोई मैसेज नहीं आया। इसका मतलब था कि वह अब दुबई में सेटल हो गई थी। शायद उसके बच्चे भी अब हो चुके होंगे। सोचकर अपने प्यार पर मैं कई बार हँस देता था।

टाइम ने मेरे मन पर मरहम लगा तो दिया था, पर जब मैं साइकेट्रिस्ट और अपनी हारी हुई घर-गृहस्थी के बारे में सोचता था तो रात भर नहीं सो पाता था। मैं इस कोशिश में रहता था की कभी किसी भी दिन मुझसे दवाई न छूटे। साइकेट्रिस्ट के अनुसार मेरी पिछली जिंदगी की हार ने मेरे मन पर बहुत गहरा असर छोड़ा था। जिसकी भरपाई नहीं की जा सकती थी। अब मैं कुछ महीनों से अपने दोस्तों से भी जुड़ गया था। अक्सर राज, मनीष और पंकज मुझे मुनिरका से बाहर मिलते थे। कभी-कभी मैं उनके साथ मूवी देखने भी जाता था और कभी-कभी राजेंद्र के ढाबे पर चिकन भी खाने जाता था। मेरे दोस्त अक्सर बियर लेने को भी कहते थे, पर मैं उन्हें मना कर देता था।

तीस

मैंने बीते चार सालों में रितु की झलक तक नहीं देखी थी, जो अब अड़तीस साल की हो गई थी। उसने कभी अपनी फोटो तक फेसबुक या व्हॉट्सएप पर नहीं लगाई थी। तभी एक दिन छवि ने अपनी माँ की फोटो व्हॉट्सएप पर लगाई। मैं देखकर हैरान रह गया कि उसकी फोटो से तो वह बिलकुल तनाव में लग रही थी। चेहरे पर झुर्रियाँ पड़ गई थीं। साथ ही उसके चेहरे से तनाव और निराशा झलक रही थी। पर फिर थोड़ी देर में छवि ने फिर से व्हॉट्सएप से वह फोटो हटा दी। मैं सोचने लगा रितु ने अपने-आप पर ध्यान नहीं दिया और मैं फिर जिम के लिए निकल पड़ा। मैंने वहाँ अपने को शीशे में देखा, सोचने लगा क्या मैं रितु की तरह बूढ़ा तो नहीं हो गया। तो लगा नहीं, मैं बिलकुल वैसा तो नहीं था। जैसा चार साल पहले था, मैं अब भी जवान ही दिखता था। उस दिन रितु को देखकर मेरी अभिलाषा भी पूरी हो गई थी। फोटो में रितु ने साड़ी पहन रखी थी, तो सोचा क्या उसने सूट की जगह अब साड़ी पहननी शुरू कर दी है। मैंने इस बात पर तब ध्यान दिया था। वह अब दुबली-पतली भी लग रही थी।

जिम से घर आकर मैंने खाना खाया। मैंने अपना फोन ये सोचकर फिर से देखा कि रितु का कोई और फोटो व्हॉट्सएप पर मिल जाए। मुझे विश्वास नहीं हुआ कि कुछ और फोटो छवि ने लगा दिए थे। इन फोटो में कुतुब मीनार के फोटो तो कुछ दिल्ली के मॉल के फोटो थे, जिसमें वह हर फोटो में साड़ी पहने हुए थी। उसके ब्लाउज भी पूरी बाजू के थे। एक फोटो में तो वह कार के ड्राइविंग सीट पर बैठी थी। जब मैंने सारे फोटो देखे तो लगा हमारी जिंदगी की इस लड़ाई में हम क्या-क्या खो चुके थे। मैं चाहता तो रितु के फोटो पर कमेंट्स भी कर सकता था, पर मैंने ऐसा नहीं किया। जानता था कि अभी उसकी लड़ाई बंद नहीं हुई है। यह भी नहीं पता था कि वह मेरे बारे में क्या सोचती है। इस बारे में भी

नहीं पता था कि वह अब भी मुझसे नफरत करती है या नहीं। मेरे अनुसार शायद वह नफरत करती थी। इन सब बातों को मैं कई दिनों तक सोचता रहा। छवि ने तब तक रितु के कुछ और फोटो भी व्हॉट्सएप पर लगा दी।

एक दिन मुझे सपना आया कि रितु मेरे फ्लैट पर आई, मुझसे ढेर सारी बातें की, फिर मैं उसके साथ अपने घर मुनिरका जाने लगा। तभी मेरे घर के दरवाजे पर किसी ने घंटी बजा दी और मैं उठ गया। मैंने दरवाजा खोला तो काम वाली आ गई थी। मैंने टाइम देखा तो सुबह के आठ बज गए थे। मेरा मन उसी सपने को देखना चाहता था, जो पिछले चार साल में पहले कभी नहीं आया था। मैं सोचकर हैरान था। सपने में उसने साड़ी पहन रखी थी। सपना इतना सजीव था कि जैसे अभी उसे देखकर आया हूँ।

मैंने काम वाली से कहा, "आज तुम मेरे लिए आलू के पराठे बनाना।"

काम वाली ने कहा, "आज कोई त्यौहार है क्या?"

मैंने उसे कहा, "आज यही समझ लो। मैंने आज अपने बीवी-बच्चों को सपने में देखा है।"

वह मुस्कुराई और बोली, "भइया अपने घर क्यों नहीं लौट जाते?"

मैंने उससे कहा, "मेरी बीवी ने मुझे छोड़ दिया था। अब जब वह मुझे लेने मेरे फ्लैट पर आएगी तभी अपने घर जाऊँगा।"

इन्हीं दिनों में एक दिन रात को खाना खाते हुए मुझे फोन आया। मैंने खाते समय फोन उठाना ठीक नहीं समझा। मेरे फोन पर कभी भी जल्दी से फोन नहीं आता था। खाना खाकर मैंने फोन के नंबर को देखा, तो सोचा किसी ने अनजाने नंबर से फोन किया है। फिर वापस मैंने उस नंबर पर फोन नहीं किया। रात को दस बजे फिर से फोन आया। मैंने फोन उठा लिया। रितु का फोन था। जैसे ही मैंने हैलो कहा, तो उसने भी हैलो कहा। मैं तभी समझ गया था कि रितु फोन का है। मैंने रितु से कहा, "चार साल हो गए हैं, तुमने मेरे से बात नहीं की।" मुझे लगा वह फोन पर ही रोने लगी थी। मैंने उसे कहा, "अब क्या काम पड़ गया?"

"कल मिलने आऊँगी।" मेरा खुशी का ठिकाना न रहा और मैंने उससे कहा, "सुबह तुम्हारा इंतजार रहेगा।"

उसने मुझसे बस इतनी ही बात की और फोन काट दिया। मैंने सोचा क्या वह मुझे घर ले जाने आएगी, तो मन ने कहा- हाँ, शायद। फिर मैंने सोचा कि

उसने ये बात नहीं कही है कि वह मुझे कल लेने आ रही है। वह तो मुझसे कल मिलने आ रही है। तो मिलने किसलिए आ रही है ? क्या वह मेरी प्रॉपर्टी अपने नाम कराने तो नहीं आ रही है ? अगर उसने माँगा तो उसे मैं सब कुछ दे दूँगा और कहीं चला जाऊँगा।

सारी रात मैं यही सोचता रहा कि शायद वह मेरी प्रॉपर्टी लेने आ रही है। क्योंकि डिप्रेशन में अक्सर लोग नेगेटिव सोचते हैं। मैं ये भी सोच रहा था इस पिंजरेनुमा घर को छोड़कर मैं फिर से मुनिरका जा सकता हूँ। सोचते-सोचते रात बीत गई। जब मैं सुबह उठा तो नहाकर तैयार होने लगा और आज मैं जिम भी नहीं गया था। जब सुबह काम वाली आई तो मैंने उसे खाने के लिए पोहा बनवाया जो रितु को बहुत पसंद था। तभी घर के बाहर देखा बड़ी तेज बारिश हो रही थी। मैंने सोचा कहीं रितु बारिश की वजह से न आई तो, फिर सोचा आज न आई तो कल भी आ सकती है। कुछ देर में डोरबेल बजी। मैं समझ गया कि रितु आ गई है। मेरी साँसें बढ़ गईं, मैंने जाकर दरवाजा खोला तो रितु साड़ी पहने श्रृंगार के साथ खड़ी थी। मैंने उसे अंदर आने को कहा, तो वह रोने लगी। मैं उसे चुप नहीं करवा सकता था। हमारा रिश्ता खत्म हुए चार साल हो गए थे। मैंने उससे कहा, "चाय या कॉफी लोगी ?"

उसने कहा, "मुझे कुछ नहीं चाहिए, मैंने तो तुम्हारी जिंदगी बर्बाद कर दी।" वह मेरे से चिपककर रोने लगी। मैंने ध्यान नहीं दिया था कि बच्चे भी आए थे। मैं भी तेज-तेज आवाज में रोने लगा। मैंने रितु से कहा, "तुम तो मेरी कोई बात सुनना ही नहीं चाहती थी।"

उसने कहा, "अब तो मैं तुम्हारे बिना एक दिन भी नहीं रह सकती हूँ। मैंने अपनी जिंदगी के चार साल नफरत में ही बिता दिए।" तभी मेरा बेटा मेरे नजदीक आकर बोला- "आप पापा हो ?"

मैंने उससे कहा, "सिर्फ तुम्हारा पापा।"

वह बोला, "आप हमारे घर क्यों नहीं रहते हो ?" मैं तेज आवाज में रोने लगा। मेरी बेटियाँ भी बहुत रो रही थीं। तभी रितु ने कहा, "बस बहुत हुआ, अब घर चलो।" मैं भी रोते हुए चुप हो गया।

काम वाली बोली रितु से, "आपके लिए भइया ने पोहे बनवाए हैं।" रितु ने मुझे हैरानी से देखा और कहा, "ये पोहे तुम अपने बच्चों के लिए ले जाओ।"

काम वाली मुस्कुराई और पोहे एक टिफिन में भरकर ले गई।

मैंने रितु से कहा, "पानी पीना है ?"

वह बोली, "चलो घर चलते हैं।" मैंने अपना बैग पैक किया और उसके साथ चला गया। बारिश रुक गई थी। तभी देबू बोला, "मम्मा, देखो रेनबो।" मैंने उसे गोद में उठा लिया। मैंने कहा, "पहले मैं घर जाने के लिए ऑटो ले आता हूँ।"

रितु ने कहा, "कोई जरूरत नहीं है, हम गाड़ी में घर चलेंगे।"

मैंने उससे कहा, "गाड़ी कहाँ है ?" तो उसने व्हॉइट बीएमडब्यू की तरफ इशारा किया। उसने गाड़ी की चाबी मुझे दी।

मैंने उससे कहा, "क्या तुम इसे ड्राइव करके लाई हो ?" उसने हाँ में सिर हिला दिया। मैंने कार स्टार्ट की। तब तक वे सब भी गाड़ी में बैठ गए थे। जब तक हम वसंत कुंज से मुनिरका आए, रितु गाड़ी की फ्रंट सीट पर रोती रही और कहती रही, "मैंने तुम्हारे और अपने कई साल अपनी जिद्द में खराब कर दिए।"

मैंने उससे कहा, "गलती तुम्हारी नहीं थी।"

"शायद मेरी ही थी जो तुम्हें इतनी बड़ी यातना दी।"

मैंने उससे कई बार कहा, "अब रोना बंद कर दो, ये सब शायद हमारी किस्मत में लिखा था।"

उसने कहा, "मैंने अपनी किस्मत अपने-आप फोड़ी है।"

मैंने कहा, "तुम्हारी नहीं, मेरी ही गलती थी, जो मैं बेवफा हो गया था।"

मुनिरका आकर मैंने गाड़ी पार्क की ओर अपने घर की तरफ बढ़ गया। रास्ते में मुझे पंकज और राज भी मिले, जो अपनी दुकानों से देखकर मुस्कुरा रहे थे। घर पर आकर मैंने अपने माता-पिता के पैर छूए। मेरा भाई और उसकी पत्नी ने भी मेरा स्वागत किया। रितु ने मेरी आरती उतारी और तिलक लगाया, फिर मैं अपनी माँ के पास बैठ गया। मेरा भाई भी वहीं बैठा था।

मैं माँ के पास बैठा सारे घर को देख रहा था। अब घर के ऊपर भी घरवालों के लिए दो कमरे बन गए थे। शायद वे कमरे हमारे बच्चों के थे। काफी देर बाद मैं अपने कमरे में गया तो देखा रितु ने साड़ी उतारकर एक पुराना सूट पहन लिया, जिसमें वह बिलकुल पहले वाली रितु लग रही थी।

दो दिन बाद राज का फोन आया। उसने कहा, "अब तुम आ गए हो तो

आज पार्टी करते हैं।"

मैंने कहा, "अभी थोड़ी देर में बताता हूँ कि पार्टी मुझे करनी है या नहीं।" रितु ये सब सुन रही थी। मैंने उसे कहा, "क्या मैं एक महीने में एक पार्टी कर सकता हूँ?"

उसने कहा, "तुम्हारी जिंदगी है, चाहे जो करो।"

मैंने फिर राज को फोन करके कहा, "ठीक है, करते हैं। मैं दस बजे तुम्हारी दुकान पर आ जाऊँगा। तब तक तुम बियर और खाने का इंतजाम करो।"

छवि और समीक्षा भी वहीं आ गईं। छवि ने कहा, "पापा आज आप के साथ खेलना है।"

रितु ने उन्हें कहा, "दो दिन से खेल रही हो, आज जल्दी सोना है, कल से स्कूल जाना पड़ेगा।"

मैं फिर राज की दुकान पर गया। मैंने उसे फ्लैट पर बिताए अपने चार साल के बारे में सब बताया। पंकज और मनीष ने भी सारी कहानी सुनी। फिर हमने खाना खाया और रात बारह बजे मैं और सभी दोस्त अपने-अपने घर को चले। घर आकर मैंने दरवाजे की घंटी बजाई पर किसी ने दरवाजा नहीं खोला तो मैंने अमित के पास फोन करके दरवाजा खुलवाया और उसने मेरी तरफ देखा तो वह जोर-जोर से हँसने लगा। उसके साथ मैं भी हँसा। फिर अपने कमरे में चला गया। मेरी माँ भी ये सब देखकर मुस्कुरा रही थी।

रितु ने कहा, "आज से ये बॉडी-वॉडी बनाना छोड़ दो। और घर का पानी देखा करो।" मैंने सिर को हिलाया और मैं ऊपर चला गया। जहाँ पर मैंने चार घंटे में अपने चार सालों को याद किया।